從今以後一個人住

彭樹君——著

序

從她到她們

我喜歡這樣的女性，她們獨立自主，很有定見，待人處事卻溫和柔軟，沒有尖刺，也沒有多餘的情緒。她們不討好別人，也不委屈自己。她們知道自己的完整，所以不會追求完美，對於人生裡的種種遺憾，也能夠平靜地接受。她們不需要任何人來填補內在的空缺，因為心中自成一個寧靜的世界。她們對感情有某種瀟灑，可以熱烈投入，但該說再見的時候不會拖泥帶水，離開以後也不會頻頻回顧。

和這樣的女性相處，感覺總是很舒服，她們有著恰到好處的溫度，可以溫暖別人，卻不會因為太過熱情而令人感覺黏膩。她們與人交往都是真心，但也總是保持了該有的距離。她們不批判，不抱怨，也不自傷自憐，所以和她們不必小心翼翼地說話，不必擔心一不小心就引發負面力量的噴發，而當你感覺低落的時候，只要和她們在一起就會覺得心情再度昂揚。她們溫暖，平靜，智慧，充滿喜悅的能量。

這樣的女性總是有著超越外相的美，那是由內在往外散發的光彩，十分迷人，但她們往往也是經歷過一些情感的動盪，一些人生的起落，並在這個過程裡得到領悟，對人生才有了深刻的體會。是因為自己的故事，她們長成了自己的樣子；是那些看似不好的事，讓她們成為更好的自己。

而我在這本書裡所寫的，就是她們的故事。

初戀成為人生創傷而被困在回憶的陰影中曾經想要報復的她。

在權力不對等的師生關係中被侵犯的她。

被片面告知婚姻到此為止並遭受暴力對待的她。

追求幸福卻失落的她。

背負莫虛有罪名的她。

徘徊在依戀與執著之間的她。

在一段表面美好內在痛苦的關係中不知該何去何從的她。

同時失業與失戀也幾乎失去自己的她。

被迫與欠債的男友一起亡命天涯的她。

因為情傷而在夜裡獨自看海的她。

因為情傷而患了失語症並且想把自己丟掉的她。

因為情傷被困在自家陽台上求救無門只能面對孤獨的自己的她。
有如失群的魚一樣總是獨來獨往找不到同類的她。
為愛失去自己感到內外荒涼有如置身火星的她。
被男友與好友聯手背叛的她。
年少時曾經遭受同學霸凌而耿耿於懷多年的她。
八年經歷七次愛情厄運的她。
一直處於單身狀態沒有任何情感事件發生的她。
不斷地期待也不斷地感到幻滅的她。
為愛付出一切卻被所愛辜負的她。
和未婚夫之間有神秘第三者的她。
無理由忽然被離婚的她。
傾聽他人秘密而自己也有悲傷故事的她。
因為逃婚而獨自進入深山回顧所來徑的她。
這些故事是「她」之所以成為「她們」的那些過程，從困頓到清明，從徬徨到靜定，從烏雲蔽天到豁然開朗，從不知何去何從到終於明白自己的方向。
在寫著她們的故事之時，我進入每一個她的心境，體會每一個她的掙扎與矛盾，也感受每一個她的領悟與釋懷。那是她們的過程，也是我的，或許也是你的心路歷程。

《從今以後一個人住》一共有二十四個她的故事，分為〈告別的勇氣〉、〈領悟的瞬間〉、〈療癒與傾聽〉和〈成為真實的自己〉四卷，其中幾篇是舊作，其他大多數則是皇冠雜誌「聽樹君說故事」的每月專欄作品。本書書名原來是其中一篇的篇名，而它正好呈現了這些故事的共同主旨，可以表達一種獨立的女性自覺。無論曾經經歷過什麼，從今以後都要好好和自己在一起，當自己是平靜的，內心是強大的，就會懂得對一切都無怨無尤的溫柔，也就得到了真正的自由。

這樣的自由同時也意謂著不再依賴別人，亦不再期待別人。唯有先認知自己的完整，才能在其他情感關係中感到和諧；唯有先好好與自己相處，才能減少與他人相處的錯誤。即使從今以後只有自己一個人，那也無妨，至少和自己在一起的時候是快樂的，而還有誰會是那個永遠和我們在一起的人呢？就是自己啊！

如果沒有把自己放在世界的正中央，整個世界都是歪斜的，所以，先愛自己吧，先蓄積自我內在的能量。幸福不在於別人的給予，而在於愛自己的決定。

這是「聽樹君說故事」繼《再愛的人也是別人》之後，第二本集結成冊的書。上一本書封面選擇了百合花，《從今以後一個人住》則是木蓮花。木蓮花亦稱木蘭花、辛夷花，花開時很美，花落時整朵墜地，也呈現了另一種動人的姿態。站在開滿花朵的木蓮樹下仰望天空，那是十分美麗的景象，因此封面的上方以天藍色襯底，象徵心靈的揚升，希望可以表達那種心無塵埃的溫柔與自由。

王維的〈辛夷塢〉寫的就是木蓮花：「木末芙蓉花，山中發紅萼，澗戶寂無人，紛紛開且落。」那樣何必在乎花開花落的瀟灑，或許就是本書裡的她們在經歷情感與人生風浪之後的頓悟與與放下。而木蓮花的花語「高尚的靈魂」，則代表了每一個擁有告別的勇氣、並在種種千迴百轉之後，仍然堅持保有內在與外在的優雅，終於成為真實自己的你。

也許你也有一個屬於你的故事，也許你會在這本書裡看見和自己相同的心情，也許你也曾經是那個徘徊徬徨的她，也許後來的你也是豁然開朗的她們……正是因為那些故事的發生，那些經驗與領悟，讓你有了自己喜歡的樣子，成為現在這個更美的自己。

是的，親愛的，這本書是為你寫的。但願你在讀過這些故事之後可以明白，和別人在一起之前，要先確立自己的存在；當別人離去之後，也要知道自己依然美好又完整，依然可以去愛也願意被愛。

CONTENTS

告別的勇氣

領悟的瞬間

療癒與傾聽

成為真實的自己

告別的勇氣

妳不曾被摧毀，妳始終還是妳自己。

完全放下吧，過去的都是夢了。

這一次醒來之後，就不要再回到這裡了啊。

十七年

別人的十七歲正值青春，她的十七歲卻已是一片滄桑。

後來她常常會想，如果那天沒有去參加那場聚會就好了，那麼她就不會遇見他，也不會發生那些後來的事。她可以繼續過她原來單純明淨的日子，喜歡晴天和冰淇淋，也喜歡雨天和奶茶，很容易為一點點小事就笑得前仰後合，生活裡最大的煩惱就是數學不及格。

但她畢竟遇見了他，該發生的終究會發生，或者說，不該發生的全都發生了。

他大三，讀電子工程，長得帥，還彈得一手好吉他。在那個聚會上，抱著吉他自彈自唱的他吸引了全場女生的目光，但他的視線卻始終只在她一人身上。她知道不能陷下去，但還是情不自禁，而且沉沒得很徹底。在認識他以前，進入大學的第一志願一直是她唯一的目標，師長們也都認為她有這樣的實力，可是他的出現讓情竇初開的她從此離開了原本的人生軌道。

他生日那天，她第一次進入他的房間。他說要送她一份生日禮物，接著就抱著吉他唱了一首為她寫的歌，他說這首歌叫做〈十七歲的少女〉。她心中蕩漾著感動，笑說生日的又不是她，應該是她送他禮物。他把她像吉他一樣地抱進懷裡，低聲說：

「好啊，十七歲的少女，那麼妳準備送我什麼生日禮物呢？」

這是她的初戀，而她百分之百地相信，這就是一生一世的愛情。

發現懷孕是在某次的體育課，跑完一千公尺之後，她心悸想吐，要好的同學一邊幫她拍背，一邊開玩笑地說她這樣子和電視上懷孕的女人好像。她心中一凜，為了避人耳目，放學後特地多坐了好幾站公車，到離家很遠的屈臣氏去買驗孕棒。

看見驗孕棒上那代表陽性的雙槓時，她腦中一片空白，不知該有什麼感覺。她才高二，大學都還沒開始，就要當媽媽了嗎？若要把這個孩子生下來，她原本的世界一定是天翻地覆的改變，那遠超出她的想像。可是她更無法想像的是捨棄這個孩子，那是一個生命啊，結合了他與她，一定是個很可愛很漂亮的孩子哪……她摸著自己平坦柔嫩的小腹，難以相信自己竟然孕育了一個生命，這太不真實。

直到他知道這件事的時候，他激烈的反應才讓她有了真實感。

「妳怎麼能讓這種事發生？嗄？為什麼不把保護工作做好？妳都沒在預防嗎？妳是這麼不負責任嗎？」他在屋子裡走來走去，咆哮，喘氣，像一隻困獸，原來的瀟灑帥氣全都不見了，驚慌失措，先怪罪她再說。半晌過後，他想到了什麼，雙手按著她的雙肩，臉色凝重，從齒縫間迸出三個字：「去拿掉！」

她被他的反應嚇住了，他讓她覺得自己做了一件很糟糕的事，都是她的錯……她哭了起來，這才感到事態嚴重。

「去拿掉！」他煩躁地重複對她的指令：「愈早愈好，去拿掉就沒事了。聽到沒？」

她啜泣著搖頭。「我們可以結婚，然後把孩子生下來……」

「不可能！有了這個孩子，我的人生就完了。」他的眼神忽然冰冷起來。

「再說，妳真的確定我是這個孩子的爸爸？」

她止住哭泣，怔怔望著他，不敢相信自己聽見的，再也說不出一句。

然後她站起身來，沒看他一眼就走出他的屋子，卻是一出了樓下大門，她就吐了，吐得翻江倒海，肝腸寸斷。一股從未有過的噁心，讓她差點把心也吐了出來。她覺得自己像是電視上那種演得很糟的女主角，掉進了一個令人作嘔的俗濫劇情。她原本以為的美好愛情，原來是一齣不堪的戲。

她失去笑容，漸漸消瘦，終日沉默不語，課業成績一落千丈，而且與所有原先要好的同學都保持距離，因為害怕她們問她發生了什麼事，她真的不知該如何回答。導師三番兩次找她問話，她也只是低著頭，一聲不吭。這是一所收費昂貴的教會女校，以培養品德兼優的淑女學生而知名，如果師長同學知道她肚子裡竟然有個孩子，她將成為全校的恥辱。

導師也數次打電話到家裡來想與她的父母談談，但她的母親正好與一群貴婦朋友搭乘豪華郵輪橫渡地中海，父親則為了新公司的合併，每天都是三更半夜才回到家，兩人都無暇發現女兒的變化。當她終於因為在朝會上昏倒而被送進醫院，並檢查出已有十二週以上的身孕時，她的父母才知道，向來乖巧美麗、成績優良、從不令人操心的女兒，竟然犯下如此大錯。

「那個人是誰？誰讓妳變得這麼下賤？」母親搖著她的肩，激動得也差點昏倒。但躺在床上的她只是木然地轉過身去，望著病房窗外那排小葉欖仁。

她一直是母親拿來在親戚朋友面前炫耀的人生戰利品，然而自這天起，她的名字就從母親口中絕跡了。父親則以他在商場上一貫快刀斬亂麻的作風，先為她辦了休學，然後找到一個醫生，為她進行了一場引產手術。已經超過十二週，風險不小，而且還有道德上的問題，一般醫生是不肯接手的，所以這只能秘密進行。她不願意，但再多的哭泣哀求都無用，一切皆由不得她。

她仰躺在引產檯上，覺得自己從裡到外，從身到心，都是破碎的。

她才十七歲，可是她的人生彷彿已經過完了。她覺得自己像是一個歷盡滄桑的老婦，對於過去不堪回首，對於未來無法期待，而她即將失去的是對於人生最後那微小的依戀與盼望。

麻醉藥開始作用之前，她以殘留的意識祈求，但願自己就這樣死去，若在這場手術之後，她還是不得不活著，那麼她將會報復！

因為信仰愛情，結果卻是落入萬劫不復的深淵，這慘痛的教訓從此以後將會時時刻刻提醒她，讓她再也不會愛上任何人！而人生如果沒有了愛，就靠著恨活下去吧……

她回不去原來的高中，也不想再與同學們有任何聯絡，她整天關在自己的房間裡，誰也不見，只覺得全世界都在談論她，猜測她，在她背後竊竊私語。家裡有親戚上門時，她緊閉房門，母親也希望她最好不要出來丟人現眼。「妳叫我怎麼解釋妳沒上學這件事？姑姑們都已經在懷疑妳是不是出什麼事了，如果她們知道妳壞掉了，我就死了算了。」

後來她被送到加拿大的愛德華王子島，讀了一年的語言學校之後，進了當地的大學。放假時也沒有回台灣，家裡幾乎與她斷絕了來往，唯一會每隔一段時間與她聯絡的人是她父親的秘書，因為要確定匯給她的錢都有收到。對於那個把面子當成第一的家庭來說，這個鑄下大錯的女兒算是被放逐了，除非她能拿到兩個博士學位或是嫁給一個王子來榮耀她的父母，否則是不值得被原諒的。

她也不覺得自己可以被原諒。

她沒有保護好自己，也沒有保護好她的孩子，她讓自己被糟蹋，也讓她的父母蒙羞。這一切只因為她曾經對某個人敞開心扉。這樣的錯誤不會再發生，她絕不會再愛上任何人。

所以她不交朋友，總是獨來獨往，她周圍所散發的一股寒氣，也讓人無法接近。完成學業後，她抱著某種自我懲罰的心態，刻意選擇到幾乎終年都處於冰凍狀態的亞伯達省，找了一份工作，過著全年冬天的生活。

她常常想起他，他知道他毀了她的人生嗎？雖然她已經來到地球的另一邊，可是曾經發生的那一切並不遙遠，她一直還在那裡面。她不曾在網路上搜尋關於他的消息，然而她希望他落魄潦倒，過著比她更悲慘的日子。

當多年後，她因為父親病倒而回到台灣時，距離她的十七歲，已經是十七年過去。

畢竟是血濃於水的至親，時間把許多衝突都化解，曾經意氣風發的父親和曾經盛氣凌人的母親瞬間已老，乍見的感覺恍如隔世。而她自己的變化在父母眼中又何嘗不驚人？她早已不是當年那個少女。

她漸漸成為父親最仰賴的左右手，將原來搖搖欲墜的家族公司扶穩，讓父親可以安心養病。這樣的表現終於讓母親覺得這個女兒還是有用的，抱著她痛哭了一場。她並沒有跟著流淚，但心裡某塊冰凍的地方在悄悄地融解。她的年紀已是十七歲的雙倍，懂得寬容，可以用成熟的角度看待自己的父母，他們也是人，也有人的軟弱與自私。

父母的房子就在車水馬龍的城市中心，她覺得應該搬到空氣新鮮又安靜而且還可以好好散步的地方，這樣才有益於父親的健康，說不定還能治癒母親的失眠。兩老也同意她的想法，現在家裡是她做主。

她看中了一幢城市近郊的山中二手別墅，開了一個價，請仲介去斡旋，本以為幾日後才會有答案，沒想到當天仲介就回報，屋主急售，所以愈快簽約愈好。「聽說是生意失敗，欠了地下錢莊不少錢，被逼急了，而您出的價是目前最高的，所以屋主求之不得啊。」這些話有損職業道德，其實是不該說的，但或許是即將交易成功一筆龐大的買賣，仲介一時喜不自勝，就說了多餘的話。

簽約那天，她準時赴約，對方已經先到了，而且也已把所有文件都填妥。她在桌子的這頭坐下，抬眼看見那頭的人，頓時屏住了呼吸。是他嗎？

她看著文件上他的簽名，是他。

他穿了正式的西裝，看得出來對這場簽約很慎重。他的眉眼之間有了一些風霜，臉部線條也有了一些時間的痕跡。她曾經想像過與他不期而遇的場景，卻沒料到是在這樣的狀況下。

雙方仲介代為介紹彼此，她直視著他，一言不發，他則對她點頭致意，看樣子並沒有認出她來。

他竟然忘了她！她就在他的面前，他卻一點兒也不記得她！她心中震驚，那她過去經歷的那些傷害與苦痛算什麼啊？一時之間，她很想站起身來離開，但雙腿卻無力地無法動彈。

仲介把她該簽署的文件放在她面前的桌上，她想起自己曾經有過的報復念頭，現在就是最好的時機。只要她不簽，他就會繼續身陷在財務危機之中。她可以不簽的，她想，就說她後悔了，然後揚長而去。她何必救他？她又不是非買這幢房子不可。當然他還是可以找到下一個買家，但只要她不簽，就可以延長他被折磨的時間。她心中澎湃，洶湧著複雜的情緒。

見她久久沒有提起筆，仲介有些著急，指著買方的簽名欄，陪笑著說：

「請簽這裡。」

但是他若是因此被地下錢莊追殺，她真的會覺得開心嗎？不會啊！為什麼那樣她會高興呢？他現在的焦慮並不能抵消她過去的痛苦。對於她所經歷的那一切來說，誰還得起？

可是，無論過去如何，至少現在的她正好好地坐在這裡。

這些年來，她雖然經歷了許多悲傷與孤單，感情生活也一片空白，但未嘗沒有收穫。而且這是她的人生，怎麼能把帳算在別人頭上呢？

現在的她已不是從前的她，那麼現在的他也不是當年的他。而當年的那個他，其實也只是一個不成熟的年輕男子，不知如何處理棘手的情感狀況罷了。

曾經有很長的一段時間，她覺得自己是個受害者，因此活得有如行屍走肉。夠了，都過去了，別再讓那樣的情結繼續危害自己了。她的意識上是怪責他，潛意識裡其實是責怪自己，真正讓她痛苦的並不是他，而是她對自己的罪惡感。為了這份罪惡感，她已經受困了十七年，難道還要再繼續受困下一個十七年嗎？

過去早已過去，他與她也早就不相干了啊！

此刻，她佇立在時間的長河邊，回頭看著曾經發生的一切，忽然發現自己早已不恨他了。

她拿起筆，心想，如果她簽下合約，他看到了她的名字，會發現眼前這個人就是當年那個十七歲的少女嗎？或是他即使看到也依然無感，因為他早已將她徹底忘了……

無所謂，都不重要了。

她深吸了一口氣，然後在合約上一筆一畫地寫下自己的名字，當作某種重生的秘密儀式。在這樣的當下，她心中的思潮全然止息，只有一片了然與平靜。

告別式

她到的時候，告別式已經開始了，講台上一個穿了一身黑的女人正以感性的語氣悼念著這場聚會的主角。

「……他總是那麼文質彬彬，那麼幽默風趣，待人處事也永遠那樣認真周到。即使已是著作等身的知名學者，對待比自己小兩三輪的學生，態度也一樣尊重……」

她坐在最後一排邊上的位子，也只有這個位子可坐了，約五百人的會場幾乎滿座，有這麼多人來送他一程，可見他的人緣真的不錯。大量的香水百合與層層白紗把現場裝飾得聖潔素雅，但太濃的花香讓她有些窒息。台前是一張巨大的黑白照片，他坐在擺滿了書籍文件的書桌旁，帶著深思的表情對著鏡頭微笑。她倒抽了一口氣，那是在他的研究室拍的，她認得出背景裡那片書牆，還有那把椅子……

她不禁垂下眼睫，好半天之後才平復了混亂的心情，再度對照片裡的他投去視線。那是她記憶裡的他，正值盛年，意氣風發，當時正從國外大學回到本國任教，學校特別為他成立了新的系所，因此四十出頭就成為系主任，也成為許多學生愛戴的對象。那時上他的課，很多同學都會及早到教室占前排的位子，那種熱情近似搶演唱會的門票，都是基於偶像崇拜的執迷。

但她總是坐在最後一排邊上的位子，就和現在一樣。那是她習慣的座位，帶著一種旁觀者的心境，與世界保持她認為的安全距離。

她那時有很多煩惱，就像所有年輕女孩一樣，對自己缺乏清楚的認知與自信，常常害羞，總是不安，不知目前選擇的科系適不適合自己，不知怎樣才能做一個讓別人和自己都喜歡的人，也不知該不該接受某個男生的追求；二十歲的人生像一塊黏土，一切都有待形塑，一切都朦朧模糊不確定。

因此當那件事發生之後，她也不確定自己應該有怎樣的感覺才是對的。她只知道後來回想起來，總覺得一切都錯了。

「……老師不只教給我專業知識，他還是我的人生導師，他常常說，Trust your instincts, follow your heart 相信你的直覺，跟著你的心走。這句話給了我深遠的影響……」現在在講台上悼念他的是另一個三十多歲的男人。

她的嘴角微微牽動了一下。是啊，他也給了她深遠的影響，但那卻是不能在告別式上公諸於眾的，也是事發之後她始終未曾對人訴說的。

她其實不太能有順序有條理地回憶那件事，每當她試圖想起的時候，腦海裡閃過的都是一些不連貫的片段。也許是在那個當下，她曾經因為驚嚇而腦中一片空白，所以有關那件事的回憶就成了彷彿斷片的電影。

但她記得，一開始，她只是因為要交一份作業罷了。

那是一份遲交的作業，她沒有在收件截止之前及時把作業寄到他的信箱，而按照規定，遲交的人必須把作業列印成紙本，然後親自送到他的研究室，還必須說出一個正當的遲交理由，否則就會以零分計分。

她記得她很忐忑，抱著那份作業來到他的研究室，鼓起勇氣，決定誠實地面對。

「我沒有正當理由，就是拖延了，對不起。」如果零分就算了，她不願說謊。

他坐在書桌旁帶著笑意打量她，然後示意她在另一張位子坐下，以一種輕鬆的語氣開始與她閒聊，問她是住家裡還是住學校？問她在班上有沒有好朋友？問她課業都還適應嗎？還問她最喜歡的是哪一門課？他就像一個關心學生的老師那樣殷殷詢問，讓她原本緊張的心情漸漸放鬆下來。

也許當一個男性和一個女性單獨處在一間密室裡時，他的心裡會滋生一些曖昧的欲望；也許權力與地位讓這個男性以為自己可以掌控並宰制一切。總之，也許，開始他真的只是關心她，可是也不知道從哪一個時刻起，這份關心變質了。

他的座椅是那種滾輪式的，可以任意移動，在聊天的過程裡，他不時往前挪，與她愈靠愈近，最後膝蓋抵住她的膝蓋。她的椅子無法像他那樣移動，所以也無法退後，於是在那個當下，她就像一枚被釘住的蝴蝶標本一樣，被他的膝蓋抵得動彈不得。

她的記憶在這裡斷裂，下一個畫面就是他傾過來的上身。他的臉幾乎壓著她的臉，而他的手在她的裙子底下遊移，正在探入她的內褲，那樣的觸感像是蛞蝓爬行過後留下的黏液。

「妳最喜歡的老師是誰？」這句話他是在她的耳邊問的，那種充滿性暗示的挑逗讓她無法思考，那種耳鬢廝磨的距離也使她無法回答。

她還沒有任何戀愛經驗，對於男性的慾望完全不了解，更何況他是她的老師，向來高高在上，是眾人仰望，也是她一直尊敬的對象，但現在他卻鼻息咻咻地欺身過來，以整個人的存在壓迫著她……這一切對她來說太驚駭也太混亂了。

她也記得當他放開她的時候說的那句話：「I am just following my heart.」這句感性的話在此時顯得多麼虛偽造作，像是拙劣的台詞，她想笑卻笑不出來。

她當下不知該如何反應，事後也不知該如何面對自己，更不知該如何面對他，因此後來的課都沒去上，連期末考都沒去考。但他給了她那份作業報告一個超高分數，讓她意外地拿到了學分。

看到成績單時，她的心底發涼。她明白那個分數是一個給她的安撫，或者說，一個對她的賄賂，那意思是：我讓妳過關了，妳也別拆我的台吧。

她覺得非常屈辱。她寧可不要那兩個學分，那像是他硬塞給她的贓物。她想拒收，然而她該怎麼辦呢？

與他談判嗎？可是她不願去找他，不願再進入他的研究室，而且她並不期待他的道歉，所以要談什麼呢？

告發他嗎？可是她沒有證據，除非是在她身上採到他的指紋，但她早已洗掉了，而且她承受得了可能排山倒海而來的輿論嗎？

她終究選擇了讓這件事沉默地過去，然而這也表示她後來得花許多時間梳理自己的內在，消化許多必須排解的情緒。

回想起來，她感到最刺心的是，自己竟然從頭到尾都沒有反抗；事實上當時她是嚇傻了，全身都僵住了，可是不曾激烈抵抗是否就表示了默許？是否就給了他錯誤的暗示，讓他以為可以繼續？

而讓她最難堪的則是，她臨走的時候竟然還對他說了一聲「謝謝」，她的禮貌和教養在此時顯得多麼愚蠢！那聲「謝謝」讓她耿耿於懷了很多年，他對她做了那樣的事，她還對他說謝謝？

還有讓她後悔的是，為什麼那天自己要穿裙子？如果她穿的是平日常穿的牛仔褲，那一切是不是就不會發生了？

但隨著時間過去，當她漸漸有了一些人生的閱歷，對自己也慢慢有了真正的自信，可以隔著一段距離來看待發生在自己身上的事時，她對自己的質疑與怒氣消失了，取而代之的是為當年那個因為驚慌失措而不知如何是好的女孩感到深深的心傷與心疼。

無論如何都不該檢討自己的啊！她在心裡對那個女孩說，那是一個不愉快的經驗，妳的身體被侵犯了，但妳並沒有做錯什麼，那無損妳本身的價值，妳不必為做錯事的人背負惡的代價而損傷了自己後來的人生。

這些年來，她工作、戀愛、結婚，生命如斯進行，並不特別好，但也不壞。她了解自己無須因為他的個人行為而全盤否定所有的男性，她也不曾對任何人訴說二十歲那年被自己尊敬的老師在研究室裡猥褻的事，即使對自己的親密伴侶也沒說。並非她刻意隱瞞，而是覺得沒有必要提起，愛她的人知道了不會好過，只要她自己可以放下，這件事就過去了。

所以她決定來參加這場告別式。

前些日子，網路上傳來他過世的消息，同時有許多悼念他的文章出現，從那些歌頌他的內容來看，他實在是一個很好的人。但她見過他的另一面，從這個角度而言，她覺得自己比大多數的人見到的是一個更真實的他。每個人都有自己的光明與黑暗，不會有百分之百的好人，也不會有百分之百的壞人。

無論一個人有多麼高尚的成就，多麼受人景仰，內在都有他的軟弱與陰暗。如果她始終不能放下他當年對她所做的事，那麼他的軟弱與陰暗都將成為她的一部分。她不要那樣，她還有長遠的人生要過。

「……我們會永遠懷念他，他的音容笑貌將永存我們心中……」此刻又是另一個有些年紀的女人在發言。

不，沒什麼好再追憶或追究的，這場告別式對她的意義就是一場告別舊事的儀式，不只告別加害者，也告別受害者。從今以後，她不要讓這件事再來困擾自己。

於是她再度對他那張巨大的黑白照片投去定定的凝視，並在心裡對他說：俱往矣，你走吧，我原諒你！這並不是認同你的行為，而是我必須徹底放過自己。

然後她站起身來，轉頭離開。她知道，願意寬恕就是放下的開始。

他的告別式仍在進行，而她的告別式已經完成了。

從前的房子

再一次地，她又回到這裡。

沿著這條小徑往前走，一直走，走到最後，徑底就是她從前居住的房子。

那是一幢獨門獨院的三層樓洋房，前院沒有圍牆，而是以七里香做為綠籬，院子裡的花草樹木因此一目了然。此刻冬天的白山茶和夏天的梔子花正在一起盛開。房子本身是清水模建造，這種低調且堅實的材質，使得這幢房子就算經過再多年，也能保持自然如初的本色。

她曾經在這房子裡住過十年，而離開之後，也已經過十年。

當年剛搬進這房子的時候，她還有著苗條的身段和豐潤的雙頰，現在她已青春不再，這房子卻依然一如往昔。每一扇白色鋁窗還是垂著米白色窗簾，院子裡還是站著那株木棉樹。

她佇立在木棉下，透過層層交叉的枝葉望向無盡的穹蒼。天空是灰色的，覆著厚厚的陰霾。

這株木棉還是當年她和C一起到三義的某個林園去挑選的，她記得那時的自己有多麼快樂，因為剛搬進這幢房子，未來的一切都值得憧憬。她說想要在院子裡種一棵樹，以後生個孩子，年年都要在樹身上刻下孩子生長的刻度，當孩子長大成人，這棵樹上就會有完整的成長紀錄。C則說，一旦有了孩子，就要在樹旁製作一架鞦韆，她可以帶著孩子一起盪鞦韆。

然而夢想中的那個孩子從未在這個世界出生，那間布置得很可愛的育嬰室不曾有過嬰兒的哭聲與笑聲。

她默默來到三樓，推開育嬰室的門，對著那空空的嬰兒床發呆。

她曾經為了那個不存在的孩子而長夜祈求而終日失落，但後來與C的婚姻結束時，她在痛苦中卻有一絲慶幸，還好沒有孩子！畢竟她自己都那麼悲痛了，實在無法想像孩子要如何面對家庭破碎的憂傷。

她曾經以為，自己會在這幢房子裡住一輩子。

她透過窗看著遠方的天空，天邊堆積著烏雲，待會兒也許會下一場傾盆大雨。

那天也是個欲雨的天氣，她在辦公室接到C的電話。

「妳今天可以早點下班回家嗎？我有事要跟妳說。」C的語氣一如平常，可是其中隱含了某種難以形容的「什麼」，那個「什麼」令她不安。

是健康的問題嗎？但C每天慢跑，假日打網球，一直把體能維持得很好；而且他自己就是個醫生，很清楚如何養生。是經濟的問題嗎？可是C收入高，個性謹慎，從來不做任何高風險的投資，應該也不可能把錢借給不值得信任的朋友。那麼他究竟要跟她說什麼呢？那天她在回家的路上想了又想，實在想不出來有什麼事能讓他特別打電話要她提早回家。

她走下樓梯，不曾對 樓的臥房瞥去一眼，那裡並沒有任何令她留戀的回憶。

她來到一樓的餐廳，看見當年的C坐在那裡，不知為什麼沒有開燈。傍晚的餘光中，他臉龐的輪廓十分陰沉。然後，她看見自己帶著不安的神情出現，在牆上摸索著電燈開關，但被他制止了。

「不要開燈。」他冷冷地說。

他坐在餐桌那一頭，示意她在餐桌的另一頭坐下。這是個談判的場面，她想。

可是接下來他所說的那番話，連談判的餘地都沒有，而是告知。

「很抱歉，我要告訴妳，我們的婚姻到此為止了。這裡已經不是妳的家，我希望妳今天就離開，最好是現在立刻消失在我的眼前。」

黃昏時分，無燈的室內，寬大厚實的橡木餐桌另一頭，他坐在那裡，不像她曾經熟悉的丈夫，卻像一團黑沉沉的暗影。

此刻，觀看著這個場景的她，心中雪亮，知道他不願意開燈，是因為不想看著她的眼睛，也不想被她看見他臉上的表情，因為那樣也許就說不出那些殘忍的話來。他需要黑暗來壯膽，也需要黑暗來消滅他最後的良知。

但當年的那個她，腦子彷彿瞬間凍結了一樣，無法思索，也不能理解他的意思，只是忽然覺得非常可怕，眼前的這個人是個陌生人吧？這個人殺了她的丈夫，假扮成他的樣子，捏造出他的聲音，然後坐在她的對面，說出摧毀一切的話語。

場景忽然一變，來到另一個更暗的地方，什麼都看不清楚，但她知道這裡是地下室。

她感到疑惑，她怎麼不記得這房子裡有個地下室？

「我希望妳有聽清楚我說的，快從我的生活中滾開！」她聽見他一邊說話，一邊輪流轉動兩手的手腕，像是拳擊手在上場之前的鬆筋。「如果妳賴著不走，必要時我會使用家庭暴力。」

黑暗中的聽覺比平常敏銳，她聽見他的手腕發出了喀啦喀啦的聲音。也許那只是她的幻覺，但後來那怪異的聲音就常常出現在她耳邊。

啊，她想起來了。有的，是有個地下室，那個地下室就是在他的這番話之後出現的，她被他拖入了那個地下室……那是一段她不願也不忍回顧的記憶，太痛苦了。

那個黃昏之後的夜晚是恐怖的開始，然後就像一部驚悚片的過程，愈來愈黑暗，迫使她不得不帶著一些簡單的衣物，匆匆逃離了那幢房子。

她記得，有很長很長的一段時間，她失去了現實感，只覺得自己掉入了一個很壞很壞的劇本裡，演著一個她並不想演的角色。

悲傷、失落與痛苦是如影隨行的情緒，但更強烈的是驚嚇和困惑。

他怎麼了？為什麼在一夜之間，變成了一個那樣面目猙獰的怪物？那不是她認識的他。

她一直以為自己的婚姻很穩定，雖然沒有孩子，但兩人也是一個美好的小世界。他會在她生日、結婚紀念日和情人節時送禮物給她，會在她休假時安排讓她充滿驚喜的旅行。她一直以為自己是被愛的，但在那個粉碎一切的黃昏，過去的所有瞬間灰飛煙滅。

後來她輾轉從一個兩人共同的朋友那裡得知，因為有另一個女人出現，而且執意要她的位子，所以他必須趕快與她離婚，然後與那個女人結婚。

但這並沒有解答她的驚嚇和困惑，反而令她更迷茫不解。他是從什麼時候開始出軌的呢？兩人的生活一直以來都是那樣，她實在感覺不出在過去那段時間裡，他哪裡有異常？

然而他很快地再婚是個事實。那幢她一手布置的房子，她曾經以為會長居久安的家園，從此被另一個女人占據。

那個朋友去參加了他的婚禮，回來之後忿忿地告訴她，他的第二任妻子是個勢利傖俗的女人，而且面貌與氣質都十分平庸，真不懂他為什麼會為了那樣的女人而拋棄她？

但她不想知道關於那個女人的一切，也不想知道任何關於C的消息。她只是一直苦苦思索，究竟發生了什麼事？為什麼那個她以為是自己在這個世界上最親密的人，到頭來竟然是個她完全不懂的陌生人？

直到很久很久以後，她才慢慢接受事實，不管她喜不喜歡這個劇本，這就是她的人生。是的，她必須承認，這就是遇人不淑。是的，她必須承認，自己就是瞎了眼，嫁給了一個不值得託付終身的人。

這樣的事實很難堪，但她如果不接受，也就無法接受真實的自己。

她曾經以為自己很幸福，所以拒絕接受不幸福的自己，因此她也許一直用過度美化的眼光看著他，以為他是帶給自己幸福的人。

但事實是，幸福只能自己給自己，別人不能。

她也必須承認，她從未真正地了解過他。即使兩人朝夕相處了那麼長的時間，但他還是對她隱藏了某一面，那就像月亮一樣，她以為已經看過那所有的陰晴圓缺，但她其實從未到過月亮的背面，然而也許那才是月亮真正的樣子，冰冷，陰暗，無邊荒涼。

她曾經反覆自省，究竟自己是出了什麼錯，讓他那樣惡劣地對待她？後來她明白，不是她做錯了什麼，而是這就是所謂的「業」，是注定發生的，為了讓她看穿一切虛妄。他過去對她的愛意是虛妄，後來對她的惡意也是虛妄。愛情也好，婚姻也好，不過都是一種業力關係，一旦明白了，愛恨俱泯，從此就豁然開朗，得到自由。

那個人之於她，至此已是徹頭徹尾的陌生人，無愛也無恨。

但也不知為什麼，在她以為自己已放下那段過往之後，卻開始反覆做著這個夢。

此刻，她站在客廳裡，看著當年彈過的鋼琴，自己挑選的緹花布沙發，牆上親手做的押花掛飾。她的心裡很清楚，這是夢，她又夢到了從前的房子。

她是真心喜歡這幢房子的，雖然她對他已經完全沒有任何情感與情緒，對這幢房子卻仍有眷戀。因為這房子裡每一個她精心布置的角落，院子裡每一株她親手栽植的花草，都連結著一部分的她自己。

因此，當她花了十年的時間而終於醒悟時，才大夢初醒般地感到訝異，當年亟欲結束這樁婚姻的是他，為什麼卻是她被迫倉皇逃離呢？

不斷地在夢中回到從前的這幢房子，或許是因為在她內心很深很深的地方，對當年那個無助的自己，依然有著哀憐與痛惜。

但妳也好好地過來了，不是嗎？她對著夢中的自己說：雖然離開這房子之後，妳過了一段辛苦的日子，但妳從來沒有失去那顆善良的心，從來沒有為了不好的遭遇而成為一個心懷苦毒的人。妳還是願意信仰一切美好的價值，還是願意期待光明。妳不曾被摧毀。妳始終還是妳自己。

完全放下吧，過去的都是夢了。這一次醒來之後，就不要再回到這裡了啊。她在夢中答應自己。

然後，在清晨的曙光中，她緩緩睜開了眼睛。

綠光

傳說是這麼說的，如果能在夕陽隱沒於地平線或海平面之前，看見天邊那一瞬即逝的綠光，就能得到幸福。

她從一部法國電影裡知道這個傳說那天，正好是她的十九歲生日。那部電影片名就是《綠光》，新浪潮導演侯麥在一九八六年完成的經典名作，是舊片了。她不過比這部電影大了兩歲，還太年輕，難以體會貫穿全片的那種寂寞與清冷，只知道是一個面容苦悶的女子獨身旅行的故事，她進入不了那個中年女子的心境，但對於電影裡的綠光傳說卻心有戚戚。

畢竟，誰不想得到幸福呢？

自從知道這個傳說之後，每到傍晚，她就有意識地尋找夕陽，希望能看見帶來幸福的綠光。

但就算是晴天，也不是每次都能看到夕陽落下，雲層遮閉、建築物阻擋，城市裡的夕陽難得一見，更別說是那只能驚鴻一瞥的綠光。

她的心願是與命中注定的那個人相遇，然後相愛相守直到生命終了。這世界上一定有某個人在某個地方等著她，而她的幸福就從與他相遇的那個瞬間開始。

為了要以最美最好最純粹的狀態遇見那個人，她並不輕易對誰動心。因為她相信當那個命定之人出現的時候，一定是第一眼就決定了一生的鍾情，如果這其中有一點點猶豫都不會是。因此她總是很快速地篩過許多對她示好的追求者，並不打算在任何不對的人身上浪費時間，她希望這一生只愛一個人就好，而這個人出現的時候，她將會毫無懸念地知道。

但這個人遲遲沒有出現，讓她大學四年的愛情學分交了白卷。

成為社會新鮮人之後，這個人還是無聲無息。眼看周圍許多適婚年齡的朋友們陸續進入婚姻，自己卻始終形單影隻，她心中未嘗不感到焦慮。但這也是沒辦法的，難道她得降格以求嗎？即使她的閨中密友們都說她的感情觀太落伍太老式太不可思議，她還是一本初衷地等待與期待。再過了幾年，甚至與她同齡的友人都已經當媽媽了，她的感情生活還是白紙一張。

就在她開始懷疑自己大概要孤獨終老的時候，他出現了。

她大學畢業之後即進入出版社，雖然愛情零分，工作卻表現出色，二十七歲就成為主編。她的眼光獨到，總能發掘新人並創造議題，屢屢在不景氣中開創佳績，讓她所屬的出版社成為新人出頭的指標，因此許多有志成為作家的新手投稿過來，期望受到青睞，他就是其中之一。

他的投稿是一本詩集，同時附上了一封信，信中簡介他的創作歷程，信末有這一句：

「即使天色終將隱沒，也期待消逝之前的綠光。」

他說得很含蓄，但她明白他的意思，他對於這本詩集能否出版並不抱持希望，但還是期待能得到編輯的回應。這打動了她，讓她特別多花了許多時間仔細閱讀他的詩，以市場考量來說，要出版這本詩集會很難，但她喜歡他的文字，也許除了詩，他也有別的創作？於是她回了他的信，約他一見，談談其他合作的可能。

他們約在某間星巴克見面，她以為會看見一個戴黑框眼鏡，用無印良品背包的典型文青，沒想到來的卻是一個身穿格子襯衫與牛仔長褲、身材高大、表情靦腆，年約三十左右的男子。兩人視線接觸的那個瞬間，她心中掠過一種從來沒有過的感覺，同時浮現一個神秘的聲音，輕輕地對她說：就是他了。

那天兩人天南地北地說了很久的話，本來預計一個小時的時間一再延長，談過下午茶又談過晚餐，最後談到深夜才回家。也不知道哪來那麼多話可以說，他們不只談創作，也談電影，談音樂，談彼此的人生，因此她知道他和幾個朋友合開了一個程式設計公司，也知道除了寫詩之外，他還會拉小提琴，會寫電腦程式，甚至會做菜。他說最近正在構思一個長篇的懸疑小說，希望寫好之後，她能成為他的第一個讀者。她不斷地從嘴角漾開一個接一個的微笑，像是一朵又一朵盛放的心花。

她提起他信中那兩句話，問他是否也看過侯麥的《綠光》？他把侯麥全部的電影細數了一遍，然後說起綠光形成的物理現象。

他解釋，陽光是由紅、橙、黃、綠、藍、靛、紫七種光波不同的單色光組成，像地球一樣組成曲面的大氣層，彷彿是一個氣體透鏡。當陽光穿過時，這層大氣使白色光折射而發生色散。當太陽靠近地平線時，陽光幾乎呈水平方向穿過大氣層，這種折射引起的色散最明顯。夕陽落下時，紅光最先落到地平線下，隨後消失的是橙光和黃光，儘管此時地平線上還留有綠、藍、靛、紫四色，但這四種光波波長較短，在大氣層塵埃的強烈散射作用下變得微弱，只有比較強的綠光能到達人的肉眼，所以人們看到的陽光應該是綠色的。不過因為地面上的大氣在大部分的情形下是渾濁不清的，日落時會把藍綠兩種光線全部散射，人們只能看到平時夕陽紅似火的情景。但若在天空非常乾淨，並且一望無際的狀況下，例如海平面上，就有可能看見那一閃即逝的綠光。

「這就是傳說中的綠光。」他笑著說：「但或許不必知道這些，只要相信見到綠光就能得到幸福，這樣就夠了。」

她目眩神迷地聽著，覺得自己終於遇到一個人，上知天文，下知地理，既有理性的左腦又有感性的右腦，讓她想要一直在他身旁，聽他說話。

「所以你也相信這個傳說？也會想看見綠光嗎？」她問。

他定定地看著她，眼中有光。「我相信啊，而且我想我已經看見了吧。」

這段戀情很快就成為她的閨密之間的傳說，二十七歲的初戀，而且還是一見鍾情，朋友們都說太不可思議。她也覺得像美夢成真一樣，幸福來得如此忽然也如此甜蜜，讓她慶幸過去一切的等待都是值得的。

愛一個人原來是這種感覺啊，心上總是懸著他，時時刻刻想著他。她不再感到孤單，因為彷彿是兩個人活在同一個靈魂裡，就算與他分隔兩地，也能感到難分難解的親密。她覺得自己從來沒有這麼快樂過。

其實兩人相處的時間不多，他平常都待在新竹，只有假日時才能北上，但有時假日也要加班，所以往往是一兩個星期才見一次面，彼此聯絡都在LINE上。思念的累積更增加了盼望與期待，讓她覺得更愛他了。

但是她的閨密之一卻提醒她，不要太快就投入全部的感情。

「妳真的了解他嗎？妳是不是該去新竹看看他住的地方和工作的地方，認識他的朋友和他的家人？這樣才會較為具體地知道他是怎樣的一個人。妳現在看到的他只是片面的他，也許他對妳隱藏了某部分的他。」

她覺得有點受傷，因為自己喜歡的人被自己的好友質疑了。

「可是，愛一個人不就是要信任嗎？我當然要相信他，否則兩個人要如何走下去呢？」

「這是妳的初戀，雖然妳在工作上可以獨當一面，但在愛情上卻像十七歲的女生一樣生嫩。」閨密說得更直白了。「妳難道沒有想過，他對妳可能別有居心？畢竟他要出書需要仰仗妳的助力。」

她覺得臉上彷彿被挨了一巴掌，難堪極了。這下她不只是受傷，還感到生氣。這意思是說他只是把她當成可以利用的工具？她是那麼看重他，別人卻懷疑他可能品格低下，她為他覺得委屈。

「他不是那樣的人！」

「我知道這些話不中聽，但我只是希望妳多觀察一下，這是必要的自我保護。我不願意看到妳未來受到更大的打擊，我擔心妳可能會禁不起。」

她明白閨密是一番好意，但心裡的某部分非常不服氣，為了要證明閨密錯看了他，當兩人見面時，她就主動提議，不如下回到他住的地方吧。

「我們可以一起去買菜，然後一起下廚，那不是很有趣嗎？」

他愣了一下，臉上有著為難的表情。

「可是我現在住在我爸媽的家裡，有老人家在，我想妳應該會覺得不自在。」

不對，他以前不是這麼說的。「但我記得你告訴過我，你一個人住在竹科附近的單身套房？」

「是啊，但我最近又搬回家了。」

「那……我可以去你的公司看看嗎？」

「哎，亂得很，幾個宅男的辦公室，妳可以想像是什麼鬼樣子。還是別來比較好，我們那裡是女生禁地。」

他的語氣很自然，但她心裡開始聚攏一片淡淡的烏雲，揮之不去。

他真的是那個可以給她幸福的人嗎？她願意相信，然而在內心深處卻又有著不安與懷疑。

所以，當她接到那個女人打來的電話時，雖然驚嚇，卻沒有太驚訝。

「請妳不要介入我們之間。」這個自稱是他未婚妻的女人冷靜且從容，感覺上並不是第一次處理類似的事。「我們的工作與生活都是綁在一起的，所以他在我面前很難有任何秘密。我知道出書是他的夢想，也許妳對他會有些幫助，他也確實很有才華，但妳應該不會願意這份情感裡有任何矇騙吧？」

電話是打到她辦公室來的，對方說完想說的就逕自掛斷了，不留給她一絲回應的空間。而她仍握著聽筒，聽著那嘟嘟嘟的聲響，心中一片空白。

然後她發現自己的手機在響，上面顯示了他的名字。她本能地按下通話鍵，那頭傳來他焦急的聲音：

「不管她跟妳說了什麼，都請妳相信我！給我一段時間，我會跟她分手……」

她沉默地闔上手機，走到洗手間去，對著鏡子裡的自己發呆。

原來如此！她的閨密說對了，她以為的一見鍾情，不過是他的別有居心。無論他對她是怎樣的感情，那其中都有著隱瞞、算計與欺騙。

她覺得自己該痛哭一場，但她感覺到的卻並不是悲傷，也不是憤怒，而是疲倦，很深很深的疲倦。

為什麼會這麼累呢？或許是因為某些她一直用「相信」在撐住的什麼，瞬間瓦解了，崩潰了，灰飛煙滅了。她覺得自己能量全失，像一條乾涸的河，一顆被榨過了汁的柳橙。

她回到自己的辦公桌，用僅存的意志熬到下班。接著，她回到了家，飯也沒吃，妝也沒卸，倒頭就睡。這是無夢的一場深睡，彷彿是她的身心本能地知道自己需要這樣一場好好的修復，醒來時已是第二天下午。

她先是打電話到公司請了假，然後洗了頭，洗了澡，把自己從頭到腳徹底清洗了一番，再穿上清爽的棉布衫與帆布鞋。出門的那一刻，她才知道自己想去看海。

因為是平日，淺水灣很安靜，沒有人聲，只有潮聲。

她坐在沙灘上，看著眼前一望無際的海平面，正是夕陽西下時分，天空連著海面一片紅橙，波光萬丈。面對這樣壯麗的美景，個人小小的煩惱根本不值一提。不過就是一場情感經驗罷了，她忽然覺得自己的內心十分平靜。

他不是那個可以給她幸福的人，但為什麼她的幸福要由別人來給予呢？此刻當下，一個人靜靜地看著夕陽，不就是一種幸福？

眼前的落日慢慢地往海平面下沉，清涼的海風掀著她的髮絲與衣衫，她深深吸了一口氣，再緩緩將氣吐出。啊，多麼美好的黃昏，她的淚終於流了下來，但不是因為悲傷，更不是因為憤怒，而是因為發自內心的喜悅。這個瞬間，她得到的領悟是，幸福不假外求，就在自己的心中。

當落日完全隱沒於海平面之前，淚眼朦朧之中，那一閃即逝的瞬間，她看見了綠光。

關於她的疑問與答案

週末下午，這家複合式家具大賣場特別熱鬧，一區一區都湧動著人潮，成群結隊的是家人，相互依偎的是情人，只有她形單影隻，獨自一人。她穿梭在人來人往中，有一種身在世界又不屬於世界的感覺。

她搬進新家有好一段時間了，基本配備雖然都齊全，還是有不少東西需要添購，因此她養成了假日就來閒逛家具店的習慣。每次都會帶一些用品回家，或是一盞燈，或是一套餐具，或是一張浴室腳踏墊，或是其他。她覺得自己像是一隻築巢的鳥兒，正在緩慢且悠哉地把一個她想要的小窩打理出來。

終於有了自己的房子，這是她努力得來的，因此她要好好地享受這個布置空間、無中生有的過程，感受那種她的世界由她作主的快樂。

她走過沙發區，一對年輕情侶正窩在軟綿綿的沙發裡卿卿我我，彷彿這裡就是自家客廳，熱戀中的人總是這樣，眼中只有彼此，走到哪裡，那裡就變成兩人愛的樂園。她對他們投去一瞥，一時之間有個錯覺，彷彿坐在那裡的那個長髮女子是多年前的自己。

那時兩人都還是學生，已經決定畢業後要結婚，彼此都沒課也不必打工的時候，常常手牽手一起去逛家具店，但窮學生根本什麼也買不起，那樣的閒逛只是滿足了對於未來的美好想像：將來要住有院子的房子，院子裡要種柚子樹和茉莉花，房子裡要有兩人共有的臥房與各自的書房……每當她編織著這樣的美夢，他就會揉揉她的臉頰說，As you wish.

As you wish，如你所願，多年以後，他們真的有了一幢帶院子的房子，院子裡種著柚子與茉莉，可是幸福只是表象，有另一個女人早已悄悄介入了兩人的家。後來她怎麼回憶也想不清楚，與他之間究竟是從什麼時候開始默默崩壞的？他的心已經變了，為什麼她完全不曾察覺？

他說，這一切都是她造成的，是她讓他太寂寞了，所以他才會尋求另一段感情。

「妳總是把太多時間給妳的工作，妳的朋友，妳的父母，妳何時把我放在妳自己之前？妳應該把我放在比妳更重要的位子的！我出差妳從不查勤，我和朋友聚會妳也從來不問，妳真的在乎我嗎？其實妳只愛妳自己，根本不愛我。」

他咆哮地說完，就面容扭曲地癱在沙發上，她本能地想去拉住他的手，卻被他甩開，然後是更強烈的怒吼：

「滾開！別碰我！」

那段日子，他總是對她憤怒地指控，反反覆覆地說她自私，說她只顧自己。而她總是說不出話，對於一個盛怒的人，她唯有沉默。

其實她有好多話都梗在喉間，她怎麼會不愛他呢？他出差她不會查勤，他和朋友聚會她也不會多問，這是因為信任他啊。愛一個人不就是應該完全地信任嗎？對伴侶緊迫盯人，那不是愛，而是出於恐懼，是沒有安全感，與愛何干？管人從來不是她在情感關係中會做的事，因為她尊重彼此的獨立性。他們在一起都這麼多年了，難道他還不了解她嗎？

至於沒有把他放在比她自己更重要的位子，這個指控也讓她覺得迷惑。她雖然是他的妻子，但她也有工作，也有朋友，她也是父母的女兒，而且，她也是她自己。再相愛的人也是彼此獨立的個體，她要如何把另一個人放在自己之前？即使這人是她最愛的人。

但有很長一段時間，在他反覆地指控、洗腦與催眠之下，她幾乎就要相信了他說的，自己是一個很壞的妻子。是她不懂愛他，讓他不得不出軌，這一切都是她的錯。

「妳說妳愛我，我根本感覺不到！我的感覺最重要，不是嗎？只要我覺得沒有，那就是沒有。妳根本不懂怎麼愛人，妳是個沒有能力愛人的女人！」

她要求一起去做婚姻諮商，他拒絕：

「太晚了，我和妳之間結束了！妳現在想挽回已經來不及了！」

在雙方簽下離婚證書的那一刻，他也冷冷地說：

「沒有人希望自己的婚姻走到這個地步，我是被妳逼的！造成今天這樣的結局，妳要負全部的責任！妳害我成為一個有離婚紀錄的人，這樣開心了嗎？」

就算在最後的一刻，他還是這麼恨她。她默默低下頭去，覺得自己整個人緊縮成一個問號。

她究竟做錯了什麼？為什麼她以為的愛，對他來說是不愛呢？

沙發上那個男子不知在長髮女子耳邊說了什麼，讓他的女友笑了起來，並用拳頭輕捶他的胸口。她有一種在雲端俯視人間的感受，再過十年，不知這對愛侶又會是怎樣的一番狀況？現在的熱戀，會不會是後來的雲煙？

當年和他一起住在那間連冷氣都沒裝的破公寓時，兩人簡直一無所有，但那時卻可以那麼快樂，而且從不懷疑彼此會一直相愛下去，直到老，直到死。「我永遠愛妳！」這樣的話一天要說好幾次，每次都是真心誠意。那時真的相信這個世界上有永遠，那時也一心一意地以為未來永遠有對方的存在。

然而那樣的時期終究是永遠過去了。後來她才知道，永遠只能存在於過去式。至於未來，那是無常的代名詞。

一對夫婦帶著他們的一雙子女從她身旁走過，那個小女孩大約三、四歲，穿著一件小紅紗裙，紮著雙馬尾，長得很可愛。她不禁對那孩子多看了幾眼，如果她的婚姻還持續，說不定也有這麼大的女兒了。

也許在另一個平行世界裡，有另一個她繼續過著原來的婚姻生活，為人妻之後也為人母，但在這個世界裡，她結束婚姻，學著一個人過日子。

二十歲之後她就與他在一起了，經過十二年要重回單身，這是個考驗，但她很快就發現並不困難。自己其實很能適應一個人的日子，至少她一個人可以完全擁有一張床，夜裡不必再忍受另一個軀體捲走全部的被子，也不必再睜著眼睛聽著他的鼾聲。過去她一直長期處在半失眠的狀態，離婚之後才知道可以真正睡著是多麼可喜的一件事。

一個人吃飯，一個人採買，她都覺得很放鬆自在。一個人做家事，不必和另一個人為了家事該平均分配而據理力爭，她才真正愛上了家事帶來的療癒與撫慰。一個人旅行，說走就走，如何安排全憑自己意願，再也不需要事事徵詢對方的意見，她不禁駭笑以前和他在一起時的旅行簡直像行軍。

她發現自己有了某種自由，那是一種全新的自由，是離開婚姻的女人才能體會的自由。是因為再也不期望與另一個人天長地久，所以沒有期待也不再等待的自由，是只想好好和自己在一起的自由。

以前她有胃痛的問題，痛起來只覺得整個腹腔連胸腔都翻攪成一團，怎麼求醫都醫不好，沒想到這個糾纏她多年的病痛竟然在離婚後不藥而癒。胃是情緒器官，造成胃痛的原因往往是壓力，原來她的壓力來源就是婚姻！身體比心更誠實，反應了她壓抑的內在情緒。面對一個個性陰晴不定的丈夫，她或許沒有自己以為的幸福。在這段關係結束之後，她得到了意外的重生。

如果她真的把他放在比自己更重要的位子，現在的她要如何自處呢？整個世界都天翻地覆了吧。

她喜歡現在一個人的生活，但在心底深處，卻有一種感覺一直揮之不去，那是抑鬱的、不解的、充滿迷惑的。

為什麼他會那麼恨她呢？

為什麼他要那樣曲解她呢？

為什麼明明背叛婚姻的人是他，被定罪的卻是她呢？

讓她悲傷的並不是離異的結局，她已經明白這世界上沒有永遠的愛情。是他用那種傷害的態度對她一再精神施暴，才令她即使離開了那樁婚姻，仍陷在深深的迷霧裡。

自己真的如他指控，是個沒有能力愛人的女人嗎？兩人最後走上了離異的道路，真的都是她的錯嗎？

也不知道發生了什麼事，那穿著紅紗裙的小女孩忽然哭了起來，一旁看來應該是她哥哥的小男孩也不開心，大聲抱怨：

「都是妳害的！都是妳害的！都是妳害的……」

孩子們的媽媽耐著性子對小男孩說：

「哥哥這樣不對喔，是你弄壞了妹妹的氣球，應該向妹妹道歉才是，怎麼還怪妹妹呢？」

她心中一動，瞬間有一種恍然大悟的感覺。

這就是答案了吧！

做錯事的人，為了合理化自己的行為，就把錯賴給對方，而且要表現得分外理直氣壯，這樣才能把自己也說服了。

回想起來，在他的出軌爆發之後，他所表現出來的憤怒與蠻橫，不就像是一個不講理的孩子嗎？都是她逼的，都是她害的，這樣的話反覆說多了，他把自己也催眠成功，會那樣仇恨她也就可以理解了。

是因為她太壞，所以這樁婚姻才走不下去。如此怪罪於她，他就不必背負背叛婚姻的罪惡感。

這麼簡單的道理，為什麼她要苦苦思索這麼久呢？

其實，他也不過就是一個不敢承擔、沒有長大的孩子罷了。無法面對自己的過錯，內心充滿恐懼，表面充滿偽裝的憤怒。

為了他說的那些話，她痛苦了許多年，而她現在終於明白，不，這不是她的錯！

但他其實可以不必那樣的，他只要好好地跟她說：我不再愛妳了，我現在愛的是別人，我想和別人在一起，所以我們分開好嗎？他若是這樣說，她雖然會悲傷，但還是能接受與釋懷。他卻偏偏用了最惡劣的方式，嫁禍，誤導、栽贓、控制。

原來他從來不了解她啊……

或者，最簡單的說法，他就是不愛她了，就是變心了。所以過去一切對的，如今都變成錯的了。

但反過來說，她也不曾認識真正的他。這個與她同床共枕了多年的男人，到頭來不過是個幼稚的陌生人。

相愛了那麼多年，最後才知道只是誤會一場。在這個瞬間，她覺得百感交集，感慨萬千。

兩小孩的媽媽輕言細語地說理一陣之後，小哥哥哭喪著臉對妹妹道了歉，媽媽柔聲問妹妹：

「哥哥不是故意的，妳願意原諒他嗎？」

妹妹點點頭。

她也在心裡問自己：妳願意原諒他嗎？

但是這個問題似乎不成立，對於一個不肯承認自己有錯的人，原諒或不原諒又有什麼意義呢？若他知道自己被原諒了，大概只是更憤怒吧，她都可以猜想他臉上是什麼表情。「妳以為妳是誰？憑什麼原諒我？」他一定會這麼說。

想到這裡，她不禁輕笑出聲。她對他還是有某種了解的吧！

然而如果原諒是不拿別人的過錯來折磨自己，那麼她當然願意原諒他。

或者，不說原諒，而說放下。在想通的這個當下，她也同時放下了。

過去她一直耿耿於懷的是，自己究竟犯了什麼錯？但現在，她明白根本無須計較對錯，他從來不懂她，她也並不真的完全明白他，不在同一個頻道同一個次元的兩人認知一定不同，又要如何區別對錯？

而且，誰對誰錯真的重要嗎？當自己是平靜的，內心是強大的，過去那一切是是非非就不能再攪擾她了。

現在的她很好，這樣就好了。曾經的好好壞壞，不過是往昔的飛絮與塵埃。

她決定去浴室用品區買一瓶有薰衣草香氣的浴鹽，今晚要好好來泡個澡，在冥河般冒著熱煙的浴水中，再一次對已經永遠過去的昔日告別。

男歡女愛

冷冷的夜裡，和心愛的人在一起暖暖地泡湯，這是無上的幸福。

她喜歡這條曲曲折折的山路，每回在這樣的深夜裡握著方向盤沿路前進，無邊的喜悅就像潮水一樣一波波湧來，帶著顫慄的快感將她淹沒。雖然夜路幽暗，路旁甚至沒有設置路燈，她卻覺得整條路彷彿都在發光。

因為在路的盡頭，就是他們共有的溫泉小屋。

每個星期五的夜晚，她與他會分別從不同的地方前往，在小屋中相會。

想著再過一會兒就能看見他了，她的嘴角不禁微微上揚。在經過一個星期疲乏的工作與單調的生活之後，她需要他的擁抱。只要靜靜躺在他的臂彎裡，即使什麼也不做，什麼也不說，她也覺得有源源不絕的能量悄悄流入她的四肢百骸。

他是她的養分，而她所求不多，每個星期只要一夜的廝守，就足夠她繼續在這無常亂世裡獨活下去了。

顯然今夜是她先到，當她把車在小小的院子裡停好時，小屋的窗口並未透出光來。她拿出鑰匙開門，扭亮了一屋子的燈，驅趕了黑暗與寂寥，熟悉的室內布置就呈現在她眼前。

架高的原木地板，米白布沙發，角落的吧檯，以及像雲朵一樣雪白又舒服的床褥，組合成一個令人放鬆的空間。床後是一整片霧面的玻璃牆，拾級而下就是寬大的湯屋，裡面有一座原木製成的浴池，還有一整面以鏡子做成的牆。

她進入湯屋，看著掛在牆上一紅一藍的兩件浴袍，那是她上週帶來的週年紀念禮物。他穿那件藍浴袍的樣子很好看。她又在牆上的鏡面裡照了照，看著自己神采煥發的臉，嫣然一笑。

然後她轉身回到客廳，倒了一杯紅酒，在窗台上抱膝而坐，等待他的到來。

＊

她與他在多年前曾經有過幾面之緣，那時對彼此的認識有限，因為雙方各有男女朋友，所以就算有什麼情愫也無從發展。多年後再見，她已經離婚，而他也經歷了一番情感滄桑，她不再是那個天真愛笑的清純少女，他的眉宇間亦添了幾許歲月的紋路。

那是個偶然的重逢，卻像有雷鳴與閃電在兩人之間發生，使他不顧一切撇開所有行程，在深夜時分帶她到這小屋來。

他告訴她，這裡是他一個人的秘密基地，在感到疲憊的時候，他總是會來這裡獨處，徹底放鬆與休息。

「在妳之前，我從未帶別人來過。」

這句話有很好的調情效果，在他的引導下，她驚訝地發現，原來自己體內埋藏著這樣狂烈的激情。過去的情慾好似處於沉睡狀態，而他的吻讓她甦醒，遍地荊棘消失，玫瑰再度綻放芳香，整座城堡從孤獨的魔咒中解脫。她就像是醒過來的睡美人，體內有一股新生的力量，那種改變幾乎使她不認得自己。

當兩人一起躺在溫泉裡時，她伏在他的胸前說：「在你之前，我早已不是處女，卻是因為你，我才體會了什麼是男歡女愛。」

「所以，」他撫著她的頭髮，半玩笑半認真。「我開發了妳。」

「是的，你開發了我。」

她回顧自己那段三年半的婚姻，那就像一段乏善可陳的影片，一切都空洞模糊。她的前夫是一個理財專家，專門替投資大戶操作基金，花在研究財經走勢的時間幾乎貫穿了他全部的生活，使她常覺得自己像一尾冰凍的魚一樣被冷落在一旁。在那些日子裡，她的身體與心靈都覺得很寂寞。離婚之後的幾段感情也不了了之。所以她從來不知道，男女之間可以到達這樣的深度。

當他進入她的那個當下，彷彿宇宙瞬間的生滅和爆炸，所有的過去和未來都消失了，只有純然的現在。在這樣的時刻，她體驗到的是甜美的永恆，不僅沒有過去和未來，甚至連時間和空間都不存在，只有至高無上的歡愉。這已不是肉身的層次而已。

「你知道嗎？某個印度心靈大師曾經說過，女人想要開悟，必須先有過性的高潮。」她說：「以前不明白這句話，但現在我懂了。」

是的，那像是宇宙的擴張，花朵的綻放，或是一波接一波湧現的海浪；在那種時刻，無思無念，只有當下……與其說那是感官經驗，不如說更接近靈性的體悟。那是身心靈的合而為一，不斷地蕩漾。

「有意思。」他說：「但男歡女愛和開悟，這兩者不僅彼此矛盾，甚至還相反呢。」

她細想了一下，決然回答：「不，是合一的。關鍵在於，經歷男歡女愛，全心全意感受那個當下，卻並不留戀執著，那是開悟的考驗。」

他捧著她的臉，深深望進她的眼底。「不留戀執著……妳可以做到嗎？」

「當然。」她沒有一絲絲猶豫。

他眉一揚。「好，那我們來做個實驗。」

她用眼神表示問號。

「以後每週五晚上，我們在這裡相會，就像妳說的，全心全意感受那個當下。但平常我們完全不聯絡，不打電話，不寫E-mail，不用LINE，像妳說的，不留戀執著。為了徹底執行，我們甚至不交換任何聯絡方式。如果有一方想結束也不需要多說什麼，只要那週五沒出現，對方應該就明白了。我們來看看，這樣的關係可以持續到什麼時候？」

她輕輕一笑。「可是對方如果沒出現，也不一定是結束的表示吧，說不定是在前往這裡的途中發生車禍，或是臨時有急事無法赴約。」

「所以就充滿了各種變數啊。」他興高采烈地像個孩子，卻也深沉地像個哲學大師。「不留戀執著，不就是無論各種狀況、各種理由都安心放下嗎？因此我說，這是個實驗。」

她沒什麼好考慮的。「好呀，我接受這個實驗的挑戰。」

這個男人真有趣，她想。

但她馬上又提醒自己，感受與他在一起的這些片刻就好，可別對他產生留戀的心呀。

*

回想起來那似乎是昨日的對話，但從那時到現在，她與他維持這樣奇特的關係已經是一年過去。

每一回，除非是雙雙置身在週五的小屋裡，她永遠不知道他會不會出現，甚至不確定自己會不會到來。這使得每次的聚會都像是人生中的一期一會，都有可能是最後一次相會。因為不能肯定是不是還有以後，所以她總是用全部的心思去感受並珍惜他的存在，而他也是如此。

在經歷過先前多年的情海沉浮，受夠了那些占有、掌控、嫉妒、猜疑之後，這樣的關係對她來說是非常理想的關係。

沒有承諾，沒有束縛，就沒有隨之而來的不安和痛苦。只有相聚時的快樂，以及離開後的自由。

平常的她過著一個單身女郎的日子，上班，下班，逛街，讀書，喝咖啡，看電影，一切尋常，沒什麼特別的，像一條清淺的河流緩緩流過生活。但在愈接近星期五的時候，她就愈期待與他見面的欣喜，那種期待漸漸形成內心的海潮，終於在見到他的時候盡情淹沒在他的擁抱中。而當第二天與他分開之後，她又回到一個人的河流狀態，並開始期待下一回的相見。

也有幾次他沒能赴約，他會在前一次就告知她，或是當週她到了才在小屋中發現他留給她的紙條。她不曾因此有失落或其他負面的感覺，依然愉悅地進行一週一次的泡湯，伴著紅酒和窗外的清風明月，一個人度過一個安寧放鬆的週末。

她會為了見到他而滿心歡喜地期待，卻不會為了見不到他而牽腸掛肚或東想西想。

「我喜歡這樣的自己，可以和你完全融入，卻又保有自己的完整與獨立。」某次兩人併躺在溫泉池中時，她對他說。

溫泉令人敞開與放鬆，使得兩人總能在白霧瀰漫中有著親密的心靈交流。

「所以我們之間才可以維持下去。」他幫她下了結論。

「是啊。」她輕嘆一聲。「能在一段關係裡喜歡自己是很重要的。我後來回想，發現每一次結束戀情，都不是因為不再喜歡對方，而是因為已經不喜歡在對方身旁的那個自己。」

「怎麼說？」他很好奇。

「因為我會有猜疑，有嫉妒，會不自覺地想掌控，會因為恐懼對方可能離開我而反覆尋求愛的保證，那些負面的情緒把一個好好的女人變成了女鬼。」她翻了一個白眼。「當一個女鬼其實是很痛苦的耶，因為那是活在自設的地獄裡。」

他大笑。「可不是嗎？每次我和一個可愛的女人交往一段時間之後，她就會慢慢變成可怕的女鬼。」

她朝他潑去一掌的水。「你放心，我已經徹底厭倦了那種要求彼此隸屬的關係，所以我不會因為對你執著而變成女鬼的。」

「我也無法想像妳會變得那麼可怕。」他握住她的手。「妳很特別，和其他女人都不一樣。」

其他女人。她心中閃過一個疑問，是其他正與他交往的女人嗎？然而她立刻又想，不問也罷，就算他另外與十個女人交往又怎樣呢？她與他之間本來就是完全自由的。

她不想問他的以前和以後。她和他之間只有此時此地，只有每一回的當下。

＊

是的，要活在當下……

這提醒了她什麼，此刻，在窗台上抱膝獨坐的她略一定神，忽然發現窗外的月已西斜在遠處的山坳裡，自己也在不知不覺之間喝了接近半瓶的紅酒。夜過大半，但他卻還沒來。她不覺皺起了眉。

他從未這樣晚到過，發生什麼事了嗎？

是臨時有事無法赴約？那會是什麼事呢？還是……還是在前往這裡的途中發生車禍？山路彎曲，兩旁又沒路燈，若是一個不察，不是沒有可能連人帶車衝下山谷……她驟然一驚，心跳如鼓，似乎已看見他那輛銀色奧迪在黑夜中以拋物線的姿勢墜谷的畫面。但她馬上又告訴自己，妳這是在胡思亂想！

若是知道他的手機號碼就好了，她緊咬著唇，那樣她就可以知道他現在的行蹤，而不至於有那種可笑的猜測。

她壓下心頭的不安，把杯中的餘酒一飲而盡。

但他到現在都還沒來是個事實，這真的很不尋常。是他厭倦了與她的關係嗎？她努力回想上次兩人相聚時的種種蛛絲馬跡，試圖在其中尋索他是否有什麼異樣？

不安的感覺不但沒能壓下，反而更強烈了。不自覺中，她又倒了一杯酒。

天啊別想了吧。她倏地起身，深深吸了一口氣。

先接水好了，她一邊暗忖一邊走進湯屋，扭開浴池邊的水龍頭，讓水嘩啦啦地流下。無論他會不會出現，她都不想錯過泡湯的樂趣。

可能是剛才喝了太多紅酒，再加上繚繞一室的溫泉煙霧，使她覺得有些暈眩，於是她在小石階坐下，手肘支在浴池邊緣，撐著頭，閉上了眼睛。

＊

恍惚中，她聽見鑰匙轉動的聲音。她跳起來往小客廳奔去，正見他推門而入。

「你來了！」她撲向他的懷中，力道之強，竟使他在承接她的同時往後踉蹌了一步。

但她不管，仰起臉就要索吻。他在她唇間蜻蜓點水地一印，隨即放開了她，半皺著眉笑道：「喝了很多酒嗎？妳聞起來像一瓶夏堡。」

他是不是有點冷淡？她的熱火在瞬間被澆熄了一些。

「先泡湯吧，我好累。」說著他就往湯屋走去，隨手把脫下來的外套扔在沙發上。

她跟在他的身後，很高興自己先前已經在浴池中蓄了水。

當兩人褪去衣物泡在池中時，他並沒有像往常那樣把她攬進懷中，只是疲倦地閉著眼睛。她審視著他的臉，心中有許多問號。

「怎麼了？有什麼煩心的事嗎？」

「沒什麼，處理一些公事，所以來晚了，對不起。」

「都處理完了？」

「嗯。」他依然閉著眼睛，顯然不想多作解釋。

她主動靠向他的臂彎。「我剛才好擔心，以為你發生車禍還是怎麼了。」

他終於睜開眼睛，略帶訝異地看著她。「妳擔心我不來嗎？」

她逃避地躲開他的視線，把臉偎在他的肩上。「我只是在想，也許我們該交換手機號碼，這樣若臨時真有什麼事，才可以彼此聯絡。」

她心跳著等待他的回答，很長一段時間之後，他淡淡說道：「但這樣不就違反了我們一開始的約定？」

這樣的回應令她很失望，同時也覺得有些生氣。難道他一點也不能同理她的擔心嗎？

「但我真的不喜歡那種不確定的等待。」她悻悻地說。

更長一段時間的沉默之後，他冷冷開口：「是妳自己說不執著的。」

「不！」她高亢地否認：「我不是執著，我只是擔心你的安危。」

「擔心和憂慮有什麼差別？憂慮和牽掛有什麼差別？牽掛和執著又有什麼差別？」他的聲音更冷。

她又驚又氣，惱怒地後退，坐到浴池的另一邊去，遠遠地瞪著他。

「我會擔心，這樣錯了嗎？」

「妳沒錯。只是這樣，妳就和別的女人沒什麼兩樣了，但我以為我們之間應該是無拘無束又無牽無掛的。」他的眉扭得很緊。「世間男女多得是以擔心之名行掌控之實。妳應該很清楚，所有不自由的關係都是從擔心開始的。」

說來說去他就是不願意把手機號碼給她！當然，以他的條件，一定有太多女人希望能把他拴住，所以他必然以為自己早已看透種種女人心機，但她並不認為自己在使用什麼心機，也沒有任何企圖拴住他的意思，她只是……只是……

她忽然覺得自己掉進了某個鬼打牆般的圈套裡，說要全心全意感受當下的是她，說不會留戀執著的是她，可是在這裡向他尋求某種安全保證的也是她，這確實有矛盾之處；然而提議這個實驗的人卻是他，以遲到來考驗她的也是他，讓她陷入現在這種難堪狀態的更是他！

「你為什麼要這樣對我？」淚水在瞬間湧入她的眼中。「這是你設計的嗎？因為你厭倦我了嗎？」

「我的天。」他低呼一聲，好像再也受不了似地站起身來，一臉厭煩。「妳聽見自己在說什麼了嗎？這是最俗濫的編劇才會編出來的台詞。」他從籐籃裡抓起一條大毛巾，一邊圍住身體一邊往外走，毫不留情地拋下一句：「看看妳自己！妳已經把自己變成女鬼了！」

她一震，下意識地轉過頭去，在鏡牆上尋找自己的臉，但她沒看見那個熟悉的自己，卻只見到一張猙獰的鬼臉，斜吊著眼，扭曲著嘴，女鬼的臉……

＊

她又是一震，這下卻是醒了。

她還趴在浴池邊的小石階上，池中的水還在嘩嘩地流。一時之間，她的時間感錯亂了，好半天之後才疑惑地想，剛才是個夢嗎？

可是那感覺好真實，除了最後那張女鬼的臉之外，一點也不像是夢境。她抬起頭來，隨手將牆上鏡面的霧氣拭去，鏡子裡映照出她的臉，是她熟悉的那個自己沒錯。

為什麼會做那個夢？在她問自己這個問題的同時，答案也浮現了，因為她對他有了執著。

啊，她嘆息了一聲，心中有什麼在慢慢下沉。

這個實驗終究還是失敗了。她沒有她以為的那樣瀟灑。到頭來她只證明了自己是個平凡的女人，逃脫不了對於男歡女愛的留戀。

在前面那些男女經驗裡，她已經受夠了執著的痛苦，她以為這次會不一樣，沒想到還是陷入了執著的漩渦。

那麼，在愈陷愈深之前，還是快點離開吧。不然要不了多久，她就會變成女鬼，就會被打入種種由嫉妒、掌控、猜疑、占有等負面情緒交織而成的地獄。

現在離開，還來得及。還來得及，她的心裡這樣呼喊著，但她的身體卻動也不動。

不知什麼時候，她對這段關係的留戀已經生根了，若要拔除需要很大的力氣，她不確定自己有沒有這樣的力氣。

但不走不行，一旦執著與留戀開始，這段關係就注定了敗壞的結局。她不希望與他之間也是那樣的結束。她愛他，她不要他們的關係漸漸成為一齣肥皂劇。

水還在嘩嘩地流，在水氣與霧氣蒸騰之中，她靜靜地坐著，兩種聲音卻在她的心裡激烈地此起彼落。

然後，湯屋的紙門被推開，她聽見他呼喊她的聲音。

領悟的瞬間

如果她愛她自己，怎麼會孤單呢？
如果她相信自己是完整的，
又怎麼會需要另一個人
來填補那根本不存在的空缺呢？

陌生女子

她坐在公園的長椅上讀書，陽光照耀著眼前的湖面，一隻白鷺鷥凌空飛起，振翅聲讓她從書中抬頭，視線一路追隨遠去的鳥影。

這是冬天裡的晴天，剛剛從舊年換成新年，空氣裡洋溢著揚升的能量，春天已在來臨的路上。她望著天光雲影，聽著風吹樹葉的沙沙聲響，靜靜覺察著自己的呼吸，由衷地感覺活著是如此一件美好的事。

其實她的身體裡有一顆可疑的腫瘤，過些日子她就要去住院割除它，可是在這個平和靜美的當下，她心中並沒有任何擔憂懼怕。

畢竟已是從心所欲的年紀，生命早就教會她要適時地交託與臣服。該來的就來，不該來的就不會來，沒什麼好多想，也沒什麼能抗拒，順著生命的流走就是了。

她正在讀維吉尼亞·吳爾芙《自己的房間》，這本書她在年輕的時候已經讀過，此刻，她的視線停留在這行被她用紅筆劃線的句子上：

「沒有別人的臂膀可以讓我們依靠，我們必須孤身前行。」

許多年前第一次讀到這句話的時候，她曾經熱淚盈眶，而今人生的風波都已遠渺，再讀到這句話，她感到的是從心底發出的微笑。如果她有個女兒，她會把這句話繡在手帕上做為送給女兒的成年禮物，雖然不見得從此就可以免去了日後的痛苦和傷心，至少可以當作一則隨身攜帶的提醒。

有個年約三十歲左右的陌生女子走過她的眼前，在不遠處的另一張長椅坐下。女子穿著白色的毛衣和深藍色的長裙，長髮束成低馬尾，瑩白的容顏美麗又有氣質。她向那女子投出一瞥，心想，這女子的年紀當她的女兒也是綽綽有餘了。

女子似乎有心事，怔忡的表情看來若有所思。她的心中浮現出一些隱隱約約的畫面，開始暗暗猜測這陌生的年輕女子發生了什麼事。

＊

或許這女子就住在公園附近那些漂亮的別墅群裡，她把家裡布置得舒適優雅，也把院子打理得十分悅人，愛花的她栽種了玫瑰與瑪格麗特，還有可以用來做菜與製茶的各式香草。別人經過她家門前總是會多看幾眼，有些年輕女孩還會在牆邊的九重葛下自拍。她是個宜室宜家的女主人，總是笑臉迎人，鄰居們都喜歡她。她去市場買菜的時候，菜販總是會多拿一把菜給她。

她的大學同窗們也都羨慕她，因為她不但有美麗的房子，有愜意的生活，還有人生勝利組的丈夫，當郎才女貌的兩人雙雙出現在眾人眼前時，總是讓人賞心悅目。大家都說她是最幸福的女人。

但那只是別人看見的樣子，真實的狀況不是那樣的。

其實她的婚姻並不快樂，因為她的丈夫對她總是百般挑剔。人生勝利組有時也代表了慣性的優越，他們總覺得自己理所當然應該得到最好的，包括一個完美妻子，各方面都要符合他的需要，而且還能猜他的心。她的丈夫對她的挑剔雖然都只是日常小事，累積下來也成了巨大的精神壓力。

例如晚餐她準備了火鍋，他會問為什麼要吃火鍋？「妳就不能先問過我嗎？妳就這麼確定我想吃火鍋嗎？」他會一邊質問她，一邊把碗摔到牆上去。

於是第二天早上，她小心翼翼地問他晚上想吃什麼？他又生氣了。「這種事也要問我嗎？當一個主婦妳都不能自己決定嗎？」

他並不是天天都這樣，可是她永遠也無法預測他什麼時候會忽然暴怒。他像一顆不定時炸彈，常常在她毫無防備時瞬間爆炸，而她總是手足無措，不知如何應對。

但她還是會為他著想，也許是因為工作壓力才讓他如此情緒不穩？他是個醫生，常要面對各種棘手的病人狀況，她願意體諒他，卻也無法不為他如此對待她感到難過，她覺得自己動輒得咎，怎麼做都不對。

除此之外，她也怎麼說都是錯的。

例如她說：「今天天氣很好。」他會冷冷地回：「然後呢？」沒有然後啊，怎麼了嗎？她不解地問，而他不相信。

「妳說今天天氣很好，不就是希望我帶妳出去走走嗎？但妳難道沒看到我正在忙嗎？我今天必須把這個研究報告寫出來，妳幫得上忙嗎？妳什麼忙都幫不上，怎麼可以說這種風涼話呢？」他愈說愈火，最後已是咆哮。

諸如此類的邏輯總是讓她目瞪口呆，完全不明白他的思緒是如何運轉的，因此也總是無法回話。

然而讓她最無言的，還是他對她的慣性反駁。

例如她有感而發：「這個世界上沒有真正的惡人，只有對各種狀況意志薄弱的人。」

他冷哼一聲：「妳老是這樣以偏概全！會下這種結論，就表示妳的眼界有限，沒見過真正的惡人。」

他對她的話語總是如此蔑視，她的看法、她的感覺、她的意見，都不斷地被他否定，每當他以冷哼做為發語詞，她的心就會緊縮，因為她知道自己又要被反駁了。可是一段時日過後，她就會聽到類似的句子從他口中說出，而那往往是轉述他認識的某個人所說的話，他並且會讚美那個人多麼有智慧，所言所語多麼發人深省。

不止如此，她的遣詞用句也很容易引起他的不悅。

「妳為什麼要用『忐忑』這樣的形容詞？還有『愕然』，還有『耽美』，還有很多別人都不會用的詞彙！妳為什麼不能和別人一樣說話？妳為什麼要故意與眾不同？」

於是她漸漸地不說話了，既然開口就錯，那她還是保持沉默。但這又觸怒了他。

「妳為什麼都沒意見？我說了半天，妳卻一聲不吭，妳就不能表示贊同嗎？就不能對我說的話有一些反應嗎？我根本不知道妳在想什麼！妳這樣讓人覺得很沮喪，和妳相處好累。」

她更說不出話來了，沮喪疲倦的是她啊！他讓她緊張，讓她懼怕，讓她張口結舌，讓她手足無措。

不知從什麼時候開始，她有了胃痛的毛病，那是二十四小時從不間斷的痛，沒有痛與不痛的分界，只有大痛、小痛與微痛的差別。她知道這是他對她的精神壓力造成的問題，也許和他大吵一架，她的胃痛會減輕，但她從來不知道該如何與人爭執，於是她想了很久，很艱難地開口，請求他和她一起去找專業心理師做婚姻諮商。

他的反應是勃然大怒。

「我為什麼要去？妳覺得我有問題嗎？妳想檢討我嗎？如果妳懂得尊重我，永遠把我放在第一位，一切都以我為準，我們的婚姻就不會有任何問題，所以問題在於，妳為什麼沒有這麼做？」

這就是他的核心信念，他不會有錯，絕對不會有錯！如果這樁婚姻有錯，一定是她犯了錯。

在他的世界裡，他就是真理，因此他總是對她使用命令句，而她的一切都不順他的意。她看書的時候，他會問她為什麼不去掃地？她掃地的時候，他又責怪她為什麼不先去洗衣服？至於家事他是不做的，因為他賺的錢多，「等到妳也有我這麼高的收入的時候，再來要求我去倒垃圾吧。」他說。

和這樣絕對自我中心的人生活在一起，不斷地被否定，做任何事都得不到支持，內心某個地方會漸漸地被磨損，日子會慢慢地失去色彩，低落與挫折會悄悄成為情緒的主調，生命的光會愈來愈熄滅。而這一切都很難對外人訴說，因為不知該怎麼說，而且也不願意說。她不想對別人說他的壞話，畢竟是自己的丈夫，她要顧及他的顏面。另外她也有她的驕傲，她不喜歡抱怨，那太難堪了！所以無論再怎麼難過，對外時她還是會表現一個幸福妻子該有的樣子。

然而當面對自己一人的此刻，在公園長椅上遙望遠方的她，臉上的憂悒與怔忡才是真正的表情吧？

*

她為這可以當自己女兒的年輕女子感到憐惜與不忍，在她的想像之中，那一切都是真實的發生。

她翻著手中的書，想起那部以維吉尼亞．吳爾芙為主題的電影《時時刻刻》，裡面茱莉安．摩爾飾演的那個家庭主婦角色，別人都覺得她的生活完美無缺，只有她知道自己的壓抑與崩潰。電影中有一幕是她到旅館去自殺，躺在床上，水慢慢從床底漫渙上來，逐漸將她淹沒，那是影像的象徵手法，顯示主角就要被內在的痛苦與荒涼溺斃，這一幕沒有一句台詞，她卻完全懂得那是什麼感覺。

她知道這女子正在想該不該離開這樁婚姻，她的臉上有茱莉安．摩爾那種魂不守舍的怔忡表情，她的心裡正在交戰，是該離開這不快樂的婚姻，還是繼續守著表象的幸福？她的心裡必然有很多聲音，此起彼落，一種聲音要她離開，另一種聲音卻要她留下……

她為這女子嘆氣，那種無所適從，那種徬徨不定，她也經歷過，所以她很明白那是多麼煎熬的感受。在走與不走、留與不留之間，一個人內在的能量會因為兩種聲音而不斷地互相抵消並且耗弱，讓人對自己愈來愈無能為力。

兩個人當初要在一起，要共同組織家庭，都是曾經下過決心的，也是很深的緣分才能讓兩個人走進婚姻，若要分開，要解散一個家庭，也必須有很強的力道才能劈斷這一切。所以雖然身心都受到折磨，但還是有所留戀的。

而她想告訴這個女子的是，先愛自己吧，先蓄積自我內在的能量。婚姻的承諾只有在有愛的狀態下才值得遵守，不斷被打擊被否定被命令的對待裡並沒有愛的成分，這個事實愈早看清愈好。和一個只會消耗妳的人在一起，是對生命的浪費，不值得為此委屈求全。何況那不是全，而是缺。

也不要以為有誰的臂膀是可以依靠的，能仰仗的唯有自己。當外界倒塌的時候，要成為自己可以依賴的對象。

這些道理，這年輕女子一定都知道，只是知易行難，在知道與做到之間有著深廣的距離。

但生命自有出路，若真的是一個應該結束的狀態，自然會有一個劈斷的力道適時出現，或許是一個事件，例如另一個女人的介入，帶來完全的幻滅；或許是一個契機，彷彿頓悟一般地發生，瞬間決定一切。

而她永遠不會忘記，那個轉變的契機，那個為她帶來頓悟的瞬間。

那是很久以前的某一天，當時她也就是這個年輕女子的年紀，也正處於走或留的十字路口，也正被兩種聲音不斷抵消耗弱，也正處於徬徨與矛盾的痛苦之中，也正不知何去何從。那天她到住家附近的一間便利商店去買東西，結帳時排在她前面的是一個老年女人，或許也就是現在她這樣的年紀，那女人買的是一盒牛奶，店員說這牌子的牛奶目前可以用優惠價買兩盒，金額只比買一盒多一些些，是否要多拿一盒？那女人立刻拒絕了。

「何必呢？牛奶是有保存期限的，我就一個人而已。」

只是一句簡單的日常對話，她在後面聽到，當下感到的卻是撞擊到內心深處的震撼，彷彿上天藉著這老年女子的口來告訴她，生命是有保存期限的。人生最終還是只能自己一個人，所以不要在有限的人生裡為了別人而委屈了自己。

那個當下的豁然開朗，為她後來的人生做了決定。而那個老年女子不會知道，自己在一個陌生女子的生命中竟然是如此重要的關鍵角色。

人生說起來還真奇妙！她想，也許自己也將成為另一張長椅上那名年輕女子生命中的某個契機或啟示。

她站起身來，把《自己的房間》留在椅子上，然後離開了公園。她希望當那名年輕女子也將離開並路過時，會拿起那本書翻閱，並且讀到那行畫了紅線的句子。

貓飯

她張開眼睛，又閉上眼睛。閉上眼睛，又張開眼睛。反反覆覆地閉眼與張眼之間，日夜輪流而逝，但對心碎的人來說，黑夜與白天並無兩樣，一時和一日也沒有差別，時間之於她已經失去意義。

此刻，她躺在枕頭上，不確定自己究竟是醒著還是睡著。睡也不能安枕，醒也昏昏沉沉，這樣一直半睡半醒著，真實和夢境的界限變得很模糊。屋子裡沒有開燈，窗簾密密地垂著，她在自己製造的永夜裡虛擲怠惰，沒有起床的意願。

她不知道該把自己怎麼辦，也不知道接下來日子該如何進行。

情傷像車禍一樣，她認為自己遭遇的是人生的重創，所以有足夠的理由一蹶不起。如果失戀也是一種災難，那麼她就是這場災難裡尚未得救的難民。

她又閉上了眼睛。

或許在過去很長的一段時間裡，她根本是瞎的吧，否則怎麼會看不出來他一直同時有另一段感情在進行，而且那另一個女人還是董事長的女兒鍾小姐。

鍾小姐雖然是富家千金，不過倒也沒什麼嬌貴之氣，衣著打扮都很平凡，身材面容也很一般，但因為她的父親手上有的金錢與權力，就讓她有了某種難以忽視的光芒。能娶到這樣的女人，也就等於人生暢行，從此一路綠燈。

或許這就是最讓她傷心的部分，原來她愛了那麼久的人，竟然如此功利算計，會為了前途而拿情感去交換。

也或許，他是真心喜歡鍾小姐，那麼他還是一樣可惡，畢竟他同時與她交往是事實，而且她還是悄悄被他拋在身後的那一個，這一切真是情何以堪！

她一直以為他真誠憨厚，現在才發現自己並不真的了解他。

如今回想起來，確實早有可疑之處，例如他一直向她強調，辦公室戀情易生波折與枝節，所以最好不要被其他同事們知道，才能維持兩人之間感情的單純。相戀兩年多來，他們一直很低調，因為不在同一部門，彼此之間沒有太多工作上的交集，所以雖然在同一個公司，也真的沒什麼人知道他們的關係。

也因此當鍾小姐挽著他出現在公司週年慶的餐會上時，沒有人會批評他用情不專，眾人只是很訝異他什麼時候已成為公司掌門人的女婿儲備人選？

最訝異的當然是她。不，不只是訝異，是天崩地裂的震驚，從他迴避她眼光的那一刻起，她就覺得掉入了一個分崩離析的噩夢裡。

在現場她還是努力克制了自己，但不久後就走到角落去發簡訊問他這是怎麼一回事？因為手指一直在微微地發抖，簡單的幾個字卻打了很久才終於傳過去。

半個小時之後，他回傳了兩個字：抱歉。

一句抱歉，就要一筆勾銷他們之間的一切嗎？她望著那兩個字，不能相信他連一個安撫的說法都不想給她。對他來說，她已經是個完全多餘的人了吧。

後來她說身體不舒服，匆匆逃離了那場餐會。一來她實在不想看到他和別人親密的樣子，二來她也不想聽同桌的人竊竊私語討論他和鍾小姐之間的事。

據知情人士的說法，他和鍾小姐之間就是從去年的週年慶餐會開始的。簡直是個通俗民間故事，大小姐對窮書生一見鍾情，後者從此平步青雲。

「所以他才會從企劃專員直升為主任啊！現在甚至都公開出雙入對了，大概很快又要升了，而且婚期也不遠了。」

三個月前他升職的時候，她還費盡心思做了一桌的燭光晚餐和他一起慶祝。她從不懷疑那是他靠實力得到的，但現在她對他所有的信任都粉碎了。

他對她有一點點真心嗎？他把她當成什麼啊？

她曾想過去堵他，要他給個交代。但她沒有，她不願意表現出哭哭啼啼的樣子。如果她潑辣一點，也許可以把他打得鼻青臉腫以消心頭之恨，但她知道那種事自己做不來。

她也曾想過去找鍾小姐，拆穿他腳踏兩條船的真相。但她也沒有，現在他們正是濃情蜜意的當口，鍾小姐不會相信她的，只會覺得她是個莫名其妙的破壞者。

她還曾想過發E-mail給全公司的人，指控他始亂終棄。但她還是沒有，那麼做只是羞辱了她自己而已。報復他的同時一定會傷了自己，她的自尊心不容許自己淪為眾人眼中的棄婦。

結果她唯一做的事是遞出辭呈，然後回到家來，把所有的窗簾全部拉上之後，直接倒在床上，睡得天昏地暗。

萬念俱灰就是這種感覺吧，失去了一切的期待，什麼事也不想做，什麼動力也沒有。她覺得自己像是被抽乾的水池，或是榨完汁的柳橙，被這段充滿欺騙的感情徹底掏空了。

喉嚨裡有一種火燒的灼熱感，讓她十分難受，難道快要生病了嗎？她想自己必須喝杯水，掙扎了半晌，終於坐起身來，慢慢下了床。躺太久，再加上一直沒進食，整個人十分無力，她只能扶著牆，步履蹣跚地往前走，不過是從臥房到廚房，這短短的距離竟讓她幾度停下來喘氣。天啊，該不會她已經睡去五十年，成為一個八旬老婦了吧？

喝了水，她覺得力氣恢復些了，想起還有幾盆盆栽也得喝喝水，於是又慢慢走向陽台。

才拉開落地窗簾，她就被眼前的天空震懾住了。

金橘色的雲朵像散開的波浪，浮在淡紫色的天空裡，那樣氣勢萬千的壯麗與宏美，是唯有神之手才能調出的顏色。這是朝雲還是晚霞呢？她走到陽台上，深深吸了一口帶著露水氣息的空氣，原來現在是清晨啊。

望著美麗的朝雲，她心中一動，對她來說彷佛是末日的事，對這個世界來說卻沒有任何影響。就算她再怎麼傷心絕望，地球一樣轉動，太陽一樣東升，大自然維持著亙古的恆定，相較之下，個人的愛恨情仇渺如塵煙，不值一哂。

她伏在陽台的短牆上，默默地望著天邊的雲霞，覺得自己的痛苦好像化去了一些。

她住的公寓面對著一個社區公園，當天色漸漸明亮，公園裡也就漸漸有了人跡，有人遛狗，有人運動，有人匆匆經過，還有人坐在長椅上讀書。她居高臨下地俯視著，覺得有些新鮮，以前的早晨她總是忙著梳洗裝扮準備上班，沒有時間去注意這些，能這樣不趕時間地坐在陽台上真是少有的，然而這同時也提醒了她，自己已經辭職了。

她拿起澆花的水壺一一給陽台上的盆栽澆水，並不後悔自己遞出辭呈，她知道現在的自己需要的是平靜，而首先是別再看到那個會讓她心情翻攪的人。至於存款能夠付幾個月房租之類的問題，她暫時沒有力氣去想。

不經意間，她再次望向公園，遛狗的人不見了，運動的人又多了幾個，但坐在長椅上讀書的還是同一個人。

那是個女子，穿著藍色的洋裝，留著及肩的長髮，正低頭讀著手中的書。從高處遙望過去，她看不見那女子的臉，只覺得她應該很年輕，流露著一股清新的氣息。她羨慕這年輕女子的恬靜悠閒，那是她失去的自信與自在。

為什麼她要遇到那麼壞的事呢？她只是想好好愛一個人卻被這樣殘酷的對待，從此以後她還快樂得起來嗎？她不值得擁有一份美好的情感嗎？她還能相信愛嗎？

她往地面望去，心裡模糊地掠過一個念頭，如果從四樓跳下去，死得成嗎？

此時那女子站起身，往她住的這幢公寓的方向走來。她的視線無意識地追隨著女子的身影，似乎是感覺到她的眼光，那女子在經過樓下的時候，忽然抬起頭往上看著她，正好與她的視線接個正著。
一時之間，她愣了一下，不知該作何反應。那女子卻揚起手來朝她揮了揮，同時從嘴角漾開一個燦爛的笑容，自然得就像兩人是熟識的朋友，天天打招呼一樣。
她也本能地揮揮手。陌生人的暖意，人與人之間最單純的善意，在這一刻深深觸動了她。
也許她不必因為被一個男人傷了心就失去對這個世界的信任，更無須因此而失去對自己的信心，那不過是一段生命經驗罷了。雖然她現在還是十分失落低迷又痛苦悲傷，雖然她現在還不明白這個經驗會帶來什麼樣的心靈成長，但日後一定會慢慢明白的。
她看著那位女子的背影漸漸走遠，忽然覺得餓了。
這段日子以來她一直沒有胃口，連睡兩天兩夜更是粒米未進，是直到此時，她才感覺到對食物的慾望。
她打開冰箱，裡面空蕩蕩的，可吃的東西只有一小鍋白飯和半盒巧克力。她想了想，拿出那鍋白飯，放進電鍋加熱。
在等候加熱的時間，她到浴室去洗臉，被鏡子裡自己憔悴的模樣嚇了一跳。然後，她像是舉行儀式一般，放了整整一池的浴水，加上玫瑰精油和浴鹽，好好泡了一個徹底放鬆的澡，換上舒適的居家衣服，再回到廚房來。

飯已經熱好，她拿出自己最喜歡的那個藍花白底的瓷碗，裝上八分滿的白飯，再從櫃子裡拿出一包柴魚片撒在飯上，接著淋上一些醬油，這就成了貓飯。

小時候每當她心情不好的時候，母親都會為她做一碗這樣的貓飯，據說本來是日本人餵貓的食物，後來變成了庶民美食，做法很簡單，吃起來卻很有滋味。離家後她自己一個人在外就學工作，偶爾也會為自己做貓飯，那連結著溫暖的記憶，讓她覺得自己是被愛的。

她一口一口地吃著，真好吃啊！她在心裡讚歎。她從來不知道對食物的慾望是這麼美好的感覺，那樣的慾望讓她覺得自己並非奄奄一息，某些流失的力量在藉著食物的補充慢慢地回到自己的身體。

為了一個沒有真心的男人失魂落魄太不值得，自己好好地活著才是最重要的啊！

隱約之間，她覺得喉嚨裡彷彿鯁著魚刺，讓她吞嚥有些困難，但怎麼會有魚刺呢？她一時有些疑惑，過了一會兒才明白，讓自己哽咽的不是魚刺而是淚水，不知從什麼時候起，她已經淚流滿面。

能哭著吃飯的人，總是可以活下去的。

她想起曾經在哪裡讀過的這句話，慶幸著自己還擁有健康的身心，雖然現在憔悴了些，但過些日子就能恢復的。淚水盈睫中，她知道自己已經過了一關。

總之先休息一陣子，然後再找下一份工作吧！她想，無論如何，先好好地吃完手中的這碗貓飯再說。

聽話的她與不聽話的領悟

為什麼我會在這裡？

再一次地，她在心裡悄悄地問自己。

眼前是一個貼著俗氣壁紙的房間，一張塑膠材質的綠色沙發占據了一面牆，沙發上堆著零亂的行李。與沙發平行的是一張床，床頭牆上掛著一幅毫無美感的山水畫，床的對面則是一台電視，正播放著一部一直無法讓她進入劇情的電視劇。浴室在房間一角，裡面的空間十分狹小，沒有浴缸，也沒有乾濕分離的淋浴間，想洗澡只能拿橡皮水管沖洗自己，洗完之後整間浴室就全濕了，因為沒有窗，所以濕氣和熱氣久久散不出去。總之，做為臨時下榻之處，這裡毫無舒適感可言，尤其是那個充滿汙漬的抽水馬桶，她根本不敢使用。但畢竟是沒有星星的廉價旅館，也無法要求太多。

可是，為什麼我會在這裡？

她抱著膝坐在床的這邊，眼睛雖然盯著電視，其實是在發呆。現在是星期一下午，平常的這個時候，她正忙著把公司裡各單位交來的發票打入電腦的表格裡，然後再列印出來呈報上級核可。那是個需要耐心的工作，而她一直很有耐心。她在那間公司工作了七年，沒有請假過一天，今天她沒有出現，同事們會不會覺得很不尋常呢？

星期五晚上她打電話給她的上司，說是接下來要請幾天假，上司問她是否發生了什麼事，她吞吞吐吐地說家裡有些事得處理，然後就匆匆把電話掛了，以免上司再追問下去。當時他在一旁盯著她，一直用眼神示意她快點結束電話，也讓她無法再多說什麼。

是有些事，但不是她的事。或者說，本來不關她的事，可是現在卻莫名其妙地變成她的事了。

她偏過頭去，看著躺在旁邊的他。他睡著了，但顯然睡不安穩，眉頭微蹙，看來連睡著也不能真正放鬆。可能他正做著被追殺的夢吧。她看著他的臉，那是一張普通男人的臉，沒有特別好看或特別不好看。她曾經不只一次地發現，自己只有看著他的時候才記得他的長相，與他分開之後就成了一片模糊的印象，這令她暗暗不安，自己是個不稱職的女朋友吧？怎麼連男朋友的臉也記不住？更令她覺得有罪惡感的是，她發現自己也不太想念他，有時他會神秘地失蹤，半個月也沒與她聯絡一次，她其實無所謂，反而覺得這樣也好，不必忍受他的二手菸，空氣比較清新。

「這樣也算愛嗎？別自欺欺人了！」一個聲音尖銳地響起。

她吃了一驚，一時以為是自己在自言自語，後來才發現，原來是電視劇裡的人物在說話，一個戴草帽的女子對著另一個穿黃色洋裝的女子大聲地說：

「妳有想過為什麼和他在一起嗎？」

為什麼和他在一起？其實他本來追的是她的同事小珍，但小珍對他視若無睹，他覺得受傷又難堪，因此把她當成傾訴對象，後來還約她出去喝酒，邊喝邊說些自暴自棄的話。她覺得不忍，盡力想出許多言語來安慰他，其中包括善意的謊言，例如「這是小珍的損失」、「你很有自己的風格與魅力」等等。後來當半醉的他抱住她的時候，她也是不忍推開他，他都那麼難過了不是嗎？再拒絕他不是讓他更絕望嗎？於是兩個人就這樣迷迷糊糊、順水推舟地在一起了。

「妳好溫順，好懂得聽我的話，好女人就該這樣，我最喜歡聽話的女人了。」兩人第一次有親密關係之後，他這麼對她說。

她確實很聽話，從小她就是個服從師長的好孩子，少有個人意見，一切以別人的看法為準。大家都稱讚她乖巧，她覺得被讚美了，所以就更加乖巧，符合師長的期望。他說她溫順，她又覺得被讚美了，所以也就努力維持溫順的模樣，符合他的期望。

所以與他在一起這一年多來，她一直扮演著百依百順的角色，只要是他決定的，她都說好。吃滷肉飯好不好？好。看這部金剛戰士的電影好不好？好。妳星期天到我這裡來幫我洗衣服好不好？好。妳這筆錢先借我拿去用好不好？好。

「妳是傻了嗎？」

還是電視裡那個戴草帽的女子在說話，她看起來很生氣，似乎是穿黃色洋裝的女子做了什麼蠢笨的事。

「妳沒有自己嗎？拜託妳醒醒吧！」

她瑟縮了一下，忽然覺得有點冷。但臨時出發得太匆忙，她只草草帶了幾件換洗衣物，並沒有多帶一件可以禦寒的外衣。

她知道他有在做一些投資，運動賭注之類她並不了解的地下金錢遊戲，說好聽是投資，說穿了其實就是賭博。對於這些事，她並不多問，如果他想說自然會說，她不想讓他覺得自己管太多。也因為所知有限，所以她沒想到他還跟地下錢莊借錢去下注，並且在不知不覺之間已經累積成一個龐大的金錢缺口。

星期五那天下班之前，他發來LINE的訊息，交代她準備幾天換洗的衣服，帶上提款卡與證件，與他在台北車站的東三門見，然後也不讓她多問就離線關機。她惴惴不安地帶著行李到了東三門，舉目四望卻不見他的人影，又等了半個小時之後，才見他一臉倉皇地出現，拉著她的手臂就急急往前走。他的力道太猛，她的手臂都瘀青了。

後來他們去租了一輛車，租車用的是她的身分證，付款用的也是她的信用卡。他說他現在不能使用任何可以追查到他的證件，所以她一定得陪著他幫助他，否則他就死定了。

車往東北角開去的路上，他終於告訴她發生了什麼事，原來是地下錢莊上門討債，而他沒錢可還，只好決定先躲再說。她聽了反倒鬆了一口氣，原來是這樣啊，她還以為是更糟糕的事呢。至於可能是什麼更糟糕的事她也說不上來，總之無論他惹了什麼禍，她大概都不會覺得太意外。

然後她又為了自己的心理反應暗暗心驚，怎麼自己對他的期望竟是這麼低呢？同時她也覺得恍然大悟，這才把一些先前的疑惑連結了起來。

原來過去他不定時的神秘失蹤是這麼回事，躲債時總是很難與外界聯絡。

原來半年前他要求她去學開車，也是以備不時之需，當有一天他不得不跑路時，她可以與他輪流開車，以免他自己一人開長途太勞累。這也算是深謀遠慮了。

她覺得自己走進了他的劇本，演著一個她不想演的角色，卻還是身不由己地演了下來，為什麼？

這一路上，她一直反覆在心裡悄悄問自己的就是為什麼……

為什麼我會在這裡？

為什麼我會和他在一起？

為什麼我會和他一起在這裡？

因為我是他的女朋友，所以在他有難的時候要給予陪伴與幫助。她這麼告訴自己，但她知道自己其實並沒有那麼心甘情願。

他們在這間羅東的小旅館已經耗了三天了，由於無事可做，而且因為不想接到地下錢莊的奪命連環叩，他連手機都不敢打開，想滑手機殺時間都沒辦法，因此大部分的時候都在睡覺，好似這樣就可以逃避他不想面對的一切；而她一樣百無聊賴，只能打開電視消磨時光，卻根本無心觀賞。

「我們要在這裡待多久？」這三天來，她不只一次這麼問。

而他總是不著邊際地回答：「誰知道呢？再看看吧。」

他根本不知道下一步要怎麼走。每一回她都得不到答案，只是愈來愈心寒。不該這樣的，人生不該虛耗在這樣的狀態裡。她本來覺得自己的生活很乏味，現在卻十分懷念那些無聊的日常，在自己的床上醒來，用浴室裡那些平價美妝店買來的瓶瓶罐罐保養，為陽台上那幾株盆栽澆水，在平底鍋上給自己煎一個加了胡椒鹽的荷包蛋……那些平常不以為意且微不足道的小事，現在卻讓她覺得那就是無與倫比的幸福。她甚至懷念每天必須收集的發票以及必須得填的那些工作表格，那些細碎繁瑣裡其實有著穩定的能量，讓她以自身的存在投入其中，再匯入這個社會的洪流。雖然只是一顆小螺絲釘，也有其安身立命的位置。

如果說這荒腔走板的逃亡有什麼正面意義，大概就是讓她得以用另一種角度來看待自己平常的生活吧。而且她也發現，那些讓她感到幸福的日常中，並沒有他的身影。他本來是與她同公司的業務，後來說要與朋友創業就離職了，結果並沒有任何新事業的形成，只有雪球般愈滾愈大的債務。

那麼她究竟是為什麼要拋下自己的生活，與他這樣可笑地亡命天涯呢？

「要走就走啊！誰攔著你了？腳長在你身上，不要把責任都怪在別人頭上！」

不知何時，電視劇裡的場景已經變了，這回是一個短髮女子對著鏡頭外的某個人物憤怒大吼。

在這個當下，她的胸口忽然有被重重一擊的疼痛感。

為什麼她會在這裡，不就是她自己讓這一切發生的嗎？不就是因為她順從慣了，不會說不，才讓自己陷入目前的處境嗎？

對他來說，自己大概是個很好用的女人吧。所謂聽話的意思，也就是缺乏主見，不知為自己建立不可侵犯的邊界，才任人予取予求。

他翻了一個身，半張著眼睛看著她，懶懶地問：「現在幾點？」

她還沒有回答，他又翻過身去，咕噥著說：「妳可不可以出去買些東西回來？我餓了，想吃排骨。」

她看著他背對著她的樣子，發現自己不僅記不得他的臉，連他的背面也如此陌生。這個男人根本不愛她，一直以來他都只是在利用她罷了，這麼明顯的事實，為什麼她始終像眼睛似地不願正視呢？

他在逃避地下錢莊的追討，她不也在逃避心裡早就知道的真相嗎？

真相是，她也沒愛過他。從頭到尾，她付出的並不是愛，而是不知如何拒絕的怯懦，是不適當的順從。聽話或許只是某種偷懶，懶得運用自己的力量，只要對他人言聽計從，就不必對自己負責任。

現在她不得不對自己承認，她終於受夠這樣的自己了！因此她無法責怪任何人，因為是她默許這一切發生的。

她起身，把自己的幾件衣服全塞進袋子裡，在沙發旁的茶几上找到了汽車鑰匙，然後打開門往外走去。開門聲並沒有讓他多問一句，或許他又睡著了，也或許他以為她只是去買他的排骨便當。他大概做夢都不會想到，向來聽話的她就這樣離開了。

正是黃昏時分，晚霞將天邊染成了橙紅色。她已經很久沒有看過這麼美的天空，她仰臉對著無盡的穹蒼深吸了一口氣，再緩緩吐出，覺得有一股全新的能量在自己的內在漸漸醞釀。

她拿出手機，在他的LINE裡留下一行字：

「我走了，別來找我。一切都已經結束了。」

除此之外，她覺得無話可說，既不是悲傷，也不是生氣，而是沒有任何多餘的情緒。就像三千公尺的游泳結束後，終於可以上岸休息的那種感覺。

他總會打開手機，總會看到她的留言。就算他沒看到，那也無所謂，這一切已經不關她的事了。

接著，她打開車門，坐上駕駛座，發動引擎。現在開回台北，應該還來得及去還車，然後她要回家，好好泡個澡，煎一個撒了胡椒鹽的荷包蛋，用那些瓶瓶罐罐保養自己，再睡一個長長的覺。

那時去學開車是對的，這大概是和他在一起的這段日子裡，唯一一件正面的事。

車子向前駛去，她覺得掌握方向盤的雙手充滿了前所未有的力量，這是第一次她自己一個人開車，而她很清楚自己將要前往的方向。

一夜浪花

她弄丟了她的女兒。

這一切是怎麼發生的？她毫無概念。她只知道當她想去牽住女兒的小手時，握住的卻是一片虛空。

女兒不見了！

恐懼霎時堵住她的咽喉，她想喊叫，卻怎麼也發不出聲，只能慌亂地東張西望，沿著路邊一路往前尋找，渴望能找到心愛的女兒。

然而一路人影幢幢，就是沒有女兒小小的身影。怎麼辦？怎麼辦？她的心跳如急鼓，整個人亂了方寸。她不能失去女兒，那是她的心肝寶貝，是她生命的一部分。如果找不到女兒，她也活不成了。天啊天啊，她在心中對著不知名的神祈求，求求你！讓這只是一場噩夢吧……

她猛然往前一傾，撞上前方的方向盤，「叭——」刺耳的喇叭聲響起，重重讓她嚇了一跳，霎時驚醒過來。然而意識一時無法聚焦，三魂七魄尚未歸於一處，腦中彷彿堆滿濃濃大霧；好半天之後，她才發現自己並不在什麼灰色大街上，而是在自己的車子裡，音響裡正飄著空靈悠遠的冥想音樂，剛才她就是在這音樂的催眠下不知不覺入睡的。

所以，那真的只是一場噩夢囉？

她心中瞬間一鬆。還好只是夢，她並沒有失去心愛的女兒！當下她不禁閉上眼睛，對那位不知名的神充滿感謝……

但是，等等，她哪來的女兒呀？她根本還沒結婚呢。

這下，她才總算真正清醒了。

她看看車窗外，確定自己的車子正停在北海岸公路邊的某個停車場上，四周空蕩蕩的一片漆黑。

她為什麼會來這裡呢？喔，對了，她是因為心情不佳而來看海的。

那為什麼心情不佳呢？喔，對了，因為她和交往四年的J分手了。

她心中又頓時一沉。她真希望這也只是個噩夢，但排山倒海而來的回憶提醒她失戀的事實，逼得她推開車門，往海邊的方向走去。

正是深夜，天邊掛著一枚彎刀似的弦月。月下，遠方的海面如沉睡的神秘夢境，邊緣卻翻滾著永不停息的浪花，那種永恆的存在感正是此刻的她需要的。當四年的甜蜜傷心、好好壞壞即將成為漸行漸遠的回憶，她覺得自己彷彿也在慢慢成為一縷輕煙，隨時都可能散去。

因此，沒經過任何考慮，她踢掉鞋子，筆直地穿越過沙灘，然後赤足踏入席捲而來的浪花中。啊，她滿足地閉上雙眼，海水的撫觸多麼美妙，讓她感覺到自身的存在。當下她有說不出的愉悅，不禁伸開雙手，以十字架一般的姿勢慢慢往前走，只想感覺更多更多。冰冷的海水很快浸濕了她的腳踝、小腿、膝蓋、大腿，直抵腰際，濺起的水花則已潑至她的胸口。

卻也在這個時候，她的腰被一股從背後而來的力量環抱住了，那股力量還企圖把她往岸邊的方向拖；她花了幾秒鐘才意識到有個人正緊緊抱著自己，從他的力氣和緊貼著自己的身形來看，這個人顯然是個男人，而且他正在叫喊著什麼，只是叫聲被浪潮掩蓋了。出於本能，她立刻放聲尖叫，並將右肘往後一擊，但水流的力量讓她無法施展全力，反而是一個重心不穩，牽拖著身後的那人一起跌落入海。

霎時，海水撲天蓋地將她淹沒，她掙扎著想要起身，一波浪潮卻又迎面將她擊倒，那種大自然的力量深深令她感到自己的無助和渺小。因為拚命掙扎的緣故，她喝了不少海水，嗆得快要不能呼吸。在混亂之中，她心中閃過一個念頭，不會吧？難道她此生最後的印象就是無邊的黑暗與恐懼？難道這片冰冷的海水就是她的葬身之地？

但有一股與海流相反的力量將她往岸邊拖去，還是那個男人，他到底要幹嘛？海水要吞沒她，他也要傷害她嗎？她驚嚇又憤怒，大腦一時失去思考的能力，但求生的本能畢竟還是發揮了作用，於是在他的半拖半抱之下，兩人一起掙脫了浪潮的糾纏，雙雙倒向沙灘。

不知有多久的時間，她只是躺在沙灘上痛苦地咳嗽，呼吸困難，癱軟無力，整個身體裡好似充滿了海水與鹽粒，那種沉溺在大海中的暈眩感也依然持續，意識接近半昏迷。隱隱約約中，她彷彿聽見有人在說話，斷斷續續，時高時低；慢慢的，隨著她的咳嗽漸漸趨緩，意識漸漸清晰，那個聲音也愈來愈清楚，是一個陌生男人的聲音：

「……這種行為真的太傻了！不管是為了什麼原因，都不值得吧？」

這兩句話像飛翔的鳥在她腦海中盤旋了好一陣子，好半天才終於讓她恍然大悟他所指為何。她睜開眼睛，眼前是一個渾身濕透的男人，淡淡的月光下只能看見大概的身形和輪廓，感覺上還算年輕。

「等一下！」她的聲音嘶啞得令她自己都感到驚訝，而且因為寒冷的緣故，牙齒還格格打戰。「你……你以為我……我要自殺？」

他似乎沒想到她會有這樣的反應，一時怔住了。「不是嗎？」

她氣得簡直說不出話來，要不是沒什麼力氣，她真想甩他一巴掌。「當然不是！我我我……我只是來看海！」

「看海？妳都已經走到海裡去了，看起來分明是要投海。」他也沒好氣。這個人怎麼這麼討厭啊？要不是他的多事，她也不會差點溺斃。但她實在沒有多餘的體力與他爭執，算了，當務之急是快點離開這個莫名其妙的傢伙。她試圖站起身，接近凍僵的身體卻根本動不了，只能縮成一團頻頻發抖。

看她這副悽慘的模樣，他也不忍了。「妳先別動，我來想辦法生個火。」

果然，不久後，他就不知從哪裡找來了一堆漂流木，熟練地生起了篝火。她驚訝地看著他生火的動作，開始有點佩服他了。他笑道：「我以前參加過童子軍，這些都是基本訓練。」火光映照著他的臉，她這才看清楚他的模樣，襯衫加牛仔褲，高大清瘦，陽剛中略帶書卷氣。

她靠向火堆，烤著雙手，感覺體內冰凍的血液又開始流動。在逐漸的溫暖與放鬆之中，眼淚卻也無可抑制地流下。他發現了，手足無措地問：「噯，妳怎麼了？」

她其實也不很明白自己為何流淚，或許是不久前所受到的驚嚇現在開始發生作用，或許是和一個陌生男子在夜的海邊烤火的荒謬感，也或許是四年戀情戛然而止的失落與荒涼。總之她的心情千頭萬緒，複雜萬端。

「是我的問題嗎？」他愣愣地問：「如果是的話，我……嗯……我向妳道歉。」

聽他這麼說，她的淚水霎時更是奔流而下，連一個不知名的男子都會關心她的心情，曾經交往四年的J在最後分手的那一刻卻是一臉漠然，那種無所謂的態度像一把利箭刺穿了她的心。

「和你無關。」她哽咽地說：「我難過是因為失戀了。」

「什麼時候？」

「昨天。」

「噢。」他沉默了一下，又說：「如果妳想聊一下這件事，我可以當妳的聽眾。」

對一個陌生人講述失戀的痛苦心情，這會不會太瘋狂？但反正今夜的一切都很荒謬，所以再多一點瘋狂又何妨？她開始漫無邊際地說起與J的一切，兩人在一起曾經是多麼快樂，他待她又曾經是多麼珍愛珍惜。但大約從一年前開始，這段感情進入枯水期，再也沒有什麼新鮮的感受，找不到任何驚喜的火花，彷彿愛情能量漸漸耗盡似的，這份關係愈來愈無精打采，終於來到做決定的邊緣。

「我二十八歲認識他，一直以為我們總有一天會結婚，但他卻不是這樣想的，所以當愛情走不下去，婚姻也無法實現時，只有分手一途。」她把長髮捲向火堆，試圖烘乾濕淋淋的髮尾，「但這真的很痛苦，四年的感情耶！這不只是分開原本牽繫的手，而是硬生生砍掉整隻手臂，就像截肢一樣。」

「但愛情既然已經淡了，繼續勉強在一起不是更難捱嗎？」他不解地問。

「我不只是失去愛情，同時失去的還有結婚對象！」她憤怒地把頭髮一甩，「我三十二歲了！你知道三十二歲的未婚女性在面對婚姻這道人生關卡時有多麼焦慮嗎？當然了，你怎麼會懂，你又不是女人！」她停頓半晌，又帶著敵意問：「你幾歲？」

「三十四。」

「和他一樣。」她咬牙怒視著他，「你也不想結婚，對不對？」

「如果遇到我愛她她愛我我們彼此相愛的對象，為什麼不？」他笑了笑，「那是命定問題。」

她細細思索他的話中涵義。「你的意思是說，我不是他的命定對象？」

「他也不是妳的命定對象啊。」他一派輕鬆，「我的意思是，如果不是此生的摯愛，就不必攜手進入婚姻。如果兩人之間維繫的不是愛情，而是法律，那和坐牢有什麼兩樣？所以或許妳應該覺得慶幸，還好你們是因為不愛了而分手，不是因為不愛了而離婚；離婚還有一堆法律問題要處理，那才麻煩呢。」

「也許……也許我還是很愛他的……」她軟弱地說。

「但他還愛妳嗎？」

這真是一針見血。她想起J那一臉的冷漠，再度感到一支利箭向她射來。

「妳當然應該和愛妳的人在一起，對不對？」

她垂下眼簾，幽幽地自言自語：「還會有人愛我嗎？」

「當然會啊。妳是個美麗、迷人、充滿魅力的女人，不需要自我懷疑。」他肯定地說。

她忽然覺得好過多了。失戀的同時總是容易失去自信，現在的她確實很需要聽見有個人這麼對她說。看來他有個善良的心地，就像眼前這堆篝火一樣，能適時地給人溫暖。

「謝謝你。」她還是垂著眼簾，但臉上微微露出了笑容。

他沉默半晌，再開口的時候，語氣裡多了一點溫柔：「是真心話。而且，妳應該多笑。妳微笑的樣子，很美。」

火光映照下，她的兩頰染上紅暈，微微發燙。

兩人之間一時安靜下來，各自默默地面對著眼前的火堆。她凝視著那流動的火焰，心裡某個冰凍之處在悄悄融解，整個人也漸漸放鬆，心情不再那樣低落。她想，一定是那去而復返的浪花和這不可捉摸的火焰同時給了她某種神秘的療癒，當然，還有一旁這個萍水相逢的陌生人也給了她需要的溫暖。

「你也是來看海的嗎？」她問。

「我就住在那裡。」他往不遠處山海交界處的別墅區一指。「當我覺得什麼地方卡住的時候，就會來這裡把事情想清楚。」

「所以現在你正心煩著某件事？」

「也還好，不算太煩。」他微蹙著眉。「只是我的前女友回來了，我還在觀察自己的感覺。」

「噢。」她點點頭。「如果你想聊一下這件事，我可以當你的聽眾。」

他一怔，隨即哈哈大笑。「妳學得真快啊，小姐。」

「哎，禮尚往來嘛。」

笑聲漸歇之後，他用樹枝把柴火撥了撥，低聲說：「她是個很浪漫的女人，非常浪漫。」

他的前女友活潑愛笑，有一種孩子般的天真，常常興致一來就自編一段即興舞蹈；她也喜歡花花草草，所以他們住的房子裡到處都是她的創意盆栽；她還以一堆流浪貓咪的姊姊自居，黃昏時就帶著自製的貓食沿街去餵食。她一直是個可愛又快樂的女人，但有一天，她哭著告訴他，她愛上了別人，如果他希望她離開，她就離開。他沒有挽留，於是她走了，去和那個別人在一起。

「後來我花了很長一段時間，不斷去回想，這一切是怎麼發生的？為什麼我一點也沒有感覺到她的感情出軌了？如果不是我太遲鈍，就是她掩藏得太好。這實在是……可怕，你和一個女人在一起那麼多年，卻發現其實並不真的了解她。」他苦笑了一下。

她離開之後，他一直沒有再開始另一段感情，兩人之間也沒有任何聯絡。但就在上個月，她忽然回來了。三年過去，她還保留著他房子的鑰匙。她說她無處可去，但如果他希望她離開，她就離開。

「我開不了口，因為她看起來很慘。太瘦，太憔悴，看樣子吃了不少苦。她以前那種天真快樂的氣質全都不見了。我想她需要有人照顧。」

他一直沒見過那個「別人」，但想來應該是個痞子，才會把一個好好的女人變成這個樣子。她也絕口不提過去三年發生了什麼事。他把主臥房讓給她，自己去睡書房，兩人維持著一種友善但疏遠的關係。

「你還愛她嗎？」她問。

他聳聳肩。「這個問題很單純，但我的感受很複雜。我只能說，我衷心希望她能快樂起來。」

她忍不住大大嘆了一口氣。「你真的是個很好很好的人，真的！她那時離開你是她此生最大的損失，現在的她一定很後悔。」

「是嗎？」他把頭枕在腦後，往身後的沙灘一躺。「其實我不希望她後悔，那對她只是折磨而已，沒有任何幫助。」

她考慮了半晌，終究是忍不住問了：「如果她要求復合，你會願意嗎？」

他好半天沒有回答，久久才淡淡地說：「很難了吧。」

她忽然覺得好放鬆，也就在沙灘上躺下來。

「好多星星。」她輕輕地說。

「是啊。」

兩人默默地平躺著，凝視著滿天繁星。天邊的弦月更低了一點。潮聲洶湧，浪花依然捲起又散落。她心中升起某種奇異感，只覺得周圍一切有如夢境。她想起不久前做的那個女兒走失的夢，若有所思。

「妳在想什麼？」他問。

「我做了一個夢，夢中的我失去了女兒，慌亂焦急得不知如何是好，直到醒來之後，我才想起我根本沒有女兒。但在夢中那種痛苦與恐怖的感覺好真實，一點也不像是夢。」她說：「所以我在想，說不定我們以為的真實人生，其實也是一場夢。」

他思索半晌。「我對妳的夢有另外的解讀。關於妳那不存在的女兒，我的想法是：妳以為是失去，但說不定是根本從未擁有過。」

她心中一亮。「所以，我們所能真正擁有的，只有這無限永恆的當下。」

「是無限永恆，也是無限流轉，就像我們現在正在仰望的這片星空一樣，也像那片潮起又潮落的浪花一樣。」

無限永恆又無限流轉的當下，無限永恆又無限流轉的當下……

她在心中默默地重複，漸漸領悟了什麼，有一種洞悉一切真理的明澈感，同時升起的是一股難以言喻的喜悅，好似掙脫了某種細綁，得到了自由。但她以前並不知道自己是不自由的，就像她一直以為與J分手是一種失去，此刻才發現，她根本沒什麼可失去。

「欸，」他輕輕地說：「我可以抱抱妳嗎？坦白說，我現在非常想要抱抱妳。」

為什麼不？在這個當下，她覺得與他之間是心靈相通的，全世界也只有身旁的這個人是與她最親最親的人。既然有一股奇妙的磁力在他們之間吸引著彼此靠近，那為什麼要抗拒？

她進入他的懷中，兩人緊緊相擁。

當她主動仰起臉來尋找他的唇時，天邊正好劃過一顆流星，但她只是感受著這獨一無二、永不復返的當下，心中一片清澈，甚至連許願的念頭都沒有。

＊

她是被早晨的陽光喚醒的，醒來的時候還在他的懷裡。一旁的火堆早已熄滅，只剩下一堆灰燼。

一時間，她有短暫的意識不清，思緒的軌道彷彿空了一截，不知自己身在何處。慢慢的，她聽出了浪花拍岸的聲音，那無限永恆與無限流轉的聲音，也漸漸地想起昨夜的一切。

她起身的時候驚動了他，他坐起身，揉揉眼睛，笑看著她。「早安。」

晨光下，兩人像是這才第一次照面一樣，說不出是熟悉還是陌生。很長的一段時間，彼此只是定定地望著對方，默默微笑。

經過了昨夜溺水的折騰，以及晨起但無法梳洗的窘境，她知道自己的樣子一定是很狼狽的，卻奇妙地並不感到尷尬或介意，好像在他面前一切都可以很坦然很自在，彷彿兩人早就認識了八百年一樣。他看起來也是滿面風霜，卻自有一種落拓不羈的味道。

她忽然想起了什麼，低呼一聲：「啊，我該走了。」

「妳不和我一起去吃早餐嗎？」

「不了，我得趕回去上班呢。」

現實感在瞬間湧入，昨夜的一切霎時都成了一場夢。

他了解地點點頭。「那我最好幫妳把身上的沙子拍一拍。」

她笑了。兩人很有默契地同時伸出手，相互為對方拍掉髮上肩上的沙礫。

「我還不知道妳的名字。」他說。

「下次再告訴你。」她輕快地回答。

他凝視著她的眼神若有所思，也若有所失。「會有下次嗎？」

她沉默了一會兒，坦言道：「說真的，我也不知道。但上天如果要我們再相遇，我們就一定會再見到的。」

他嘆了一口氣。「不能就讓這次成為一個開始嗎？」

她搖搖頭。「現在並不是個適當的時機。你看，我才剛結束一段多年的感情，還有很複雜的心情要整理，而你也還有個前女友沒有完全了斷乾淨。若在這種狀態下開始，對彼此都不公平。」

「那麼，」他的語氣怏怏。「昨夜的一切對妳是有意義的嗎？」

「那對我意義非凡，而且無可取代。」她輕聲地說：「所以，我才希望當我們下次再相遇的時候，都可以用更單純的狀態去迎接對方。而在那之前，我會把關於你的回憶好好珍藏起來，收在這裡。」她拉著他的手，將他的掌心疊上她的掌心，貼向自己心口的位置。

他的溫度感覺著她的心跳，那種真實的撫觸讓兩人之間沒有距離，也沒有懷疑。

「好，我明白了。」他說：「當我想起妳的時候，我會來看海。當妳需要我的時候，我會在這裡。」他將她輕輕一拉，讓她進入他的懷裡。

她伏在他的胸前，只覺得有說不出的篤定與安心。無論未來將如何變化，至少她和他一起擁有了這美好的當下。

世界在這一刻靜止了下來，只有沙灘邊緣滾動著美麗的浪花，吟唱著奧秘的歌。

心的逃亡

門前的香楓樹最後一片葉子也染紅的那天，她把沒賣完的花統統移到花店外，插上「免費」的告示牌，任人自取。然後她鎖上花店的門，將臨時匆匆整理的行李放上車，即一路往北方駛去。其實要去哪裡都無所謂，她只是想離開而已。

但她的潛意識裡似乎有個自動導航系統，指引她走向北海岸，然後沿著太平洋的邊緣遊走東台灣，走到哪裡算哪裡。

於是她來到這裡，一幢位於山海交界處的民宿。綠籬，這是它的名字，也確實名副其實，幾幢連棟的小木屋被七里香圍成的綠籬環繞，令人感覺恬靜美好。那一片綠意正是她需要的，看見它的第一眼，她就決定這將是她的落腳之處，何況天色已晚，開了一天的車，她也累了。

一個嬌小的女子出現在門口，看樣子是民宿老闆娘，引導她把車開入停車場，然後領著她去大廳櫃檯登記。

「住宿嗎？」老闆娘問，笑容可掬，態度很親切。

她點點頭。

「打算住多久？」

她毫無概念，隨手比了一個「五」的手勢。

「我們還有三間房間，一間看山，一間看海，一間山海都可以看到，妳要哪一間？」

她打開隨身包包，拿出準備登記住宿的證件與便條箋，寫上「山海都要」，遞給對方看。老闆娘點頭表示了解，眼神裡有同情的意思，她大概以為她是個啞女吧。

老闆娘一邊登記一邊抬頭對她一笑。「我姓田，單名青，妳可以叫我田青……」似乎想起她不會說話，田青又抱歉地笑了。「總之，有什麼需要就告訴我。」

從大廳到她入住的小屋之間是一條碎石步道，兩旁栽植著各種花卉，看來賞心悅目。很好，這裡確實是個適合收留她的地方。

房間清新雅致，泛著一股淡淡的木頭香味，牆角陶甕裡插著幾枝野薑花，更是香氣襲人。最可喜的是這屋子還附了一個小湯屋，屋頂開著天窗。整個晚上，她就散開一頭長髮躺在池子裡，像個淹死的女屍。仰望著月亮慢慢從天窗的這頭移到那頭，溫暖的水域讓她混亂的心漸漸平靜。

然而就在差點要在水池裡放鬆睡去的時候，她的手機忽然響了起來，立刻令她感到身心緊繃。此刻那鈴聲聽來無比刺耳，但她讓它響著，並不去接。

她不想接，也接不了。因為，她失語了。

就在這天早上，當她對鏡刷牙的時候，忽然有個奇怪的預感，覺得自己已經無法說話。於是她試圖發聲，但無論怎麼試，都只有牙膏泡沫在口腔裡打轉的咕嚕聲。

當她確定自己果真失語時，心中不禁一沉，同時卻也有一種怪異的興奮。這下好了，她辛辛苦苦維持的一切終於開始失序了，在更嚴重的崩解發生之前，逃走吧。

逃走吧。逃走吧。這個內在的聲音愈來愈強烈，它催促著她，像鼓聲撞擊著她的胸腔，於是除了開始整理行李，她別無他法。

此刻，躺在這陌生的水池裡，一種不可思議的感覺這才慢慢滲入她的心底。她真的這麼做了？接下來她該怎麼辦？她到底要去哪裡？

她不知道。她只是必須逃走，如此而已。

＊

多年來，她一直過著規律的生活，拒絕任何改變。

一年四季，無論寒暑晴雨，她一定在清晨五點起床，為自己做一份早餐，然後開車到花市去批花，回來之後把花分類整理，九點鐘開門，迎接上門買花的顧客，視他們的需要給他們建議，為他們選花、選卡片、包裝。中午打電話請附近的餐飲店送一份餐點來，下午繼續工作。晚上九點鐘打烊之後，煮一頓晚餐兼消夜，然後梳洗、看書、上床。第二天再重複同樣的日子。

每週二是她的休假日，但她一樣在清晨五點起床，然後打掃、洗衣服、出門逛街、買書、買衣服，並採購一週所需，一樣在晚上九點以後梳洗、看書、上床。

她幾乎不和以前的朋友聯絡，也很小心地維持與她的顧客們之間的距離，除了微笑和英文名字，她不打算透露更多。她在左手無名指上戴了一個戒指，當有男人流露追求之意的時候，她就故意秀出她的戒指說：「喔，我結婚了，先生在國外工作，我們感情很好。」

她當然在騙人，可是這可以省去許多麻煩。她不要的東西很多，其中最不想要的，就是男女關係了。

就這樣，她過著一個人的生活，不交朋友，不談戀愛，也不覺得有什麼欠缺，至少這樣的生活讓她感到很安全。

然而現在，她竟然失語了。

她知道這絕非一夜之間發生，而是長期自我壓抑的結果。失語只是一個徵兆，真正的問題是，她的內在系統出了狀況，某個部分不是亂掉就是壞掉了。

但她其實並不意外，她想這是她自找的，拒絕人際關係的結果，當然就是失去與外界溝通的能力。也說不定在潛意識裡，這正是她要的，讓她可以有逃走的理由，連自己都丟掉。

*

她已經在「綠籬」住了三個五天。在找回她的聲音之前，這裡是個安歇身心的好地方。近山面海，鳥語花香，而且不必和任何人溝通。

她失去了時間感，每天花很長的時間睡覺，有時睡得很沉，有時卻會做一連串的亂夢。沒躺在床上的時候，她就泡在水池裡，仰頭凝視天窗上的雲影或星辰。與其說她讓自己處於完全放鬆的狀態，不如說她找不到任何該振作的理由。

有時她會忽然感到一陣心悸，像有一隻隱形的拳頭在驟不及防間連續重擊她的胸口，讓她就要喘不過氣來。這是繼失語之後的另一個症狀。

三餐每天會送到屋外的窗台上，她只需要打開窗就可以把餐盤拿進來，用完再放回窗台上就可以了。但她總是吃得很少，有時候甚至原封不動。沒有胃口，再可口的食物也是味同嚼蠟。

偶爾她也會到屋外的小徑上去散步，漫無邊際地眺望不遠處的海。若遇到其他住客，她就悄悄離開，因為她怕他們可能會和她說話。但她是多慮了，別人不是伴著家人就是伴著情人，誰像她這般孤獨？

除了那個總是穿著藍色帆布襯衫的男子以外。

第一次遇見他，是在她入住這裡的第二天傍晚，遠遠地她就看著他從小徑那頭走來，目光直視著她，並且在經過她的時候站住了，很友善地展開一臉燦爛的笑容。

「妳好。」他說。

她也報以微笑，卻緩緩低頭把臉轉開，這意思很清楚，別和她說話。他停頓了一下，也就走開了。

下一回再看見他的時候，他正站在梯子上為木製的圍籬釘上釘子，田青則站在他的下方，不時遞工具給他，兩人有說有笑，看起來很親暱。她有點訝異，原來他是這裡的主人？

那麼他和田青是什麼關係呢？夫妻還是情侶？他高大黝黑，她嬌小白皙，兩人看起來都三十多歲，而且也都有某種清新和善的氣質。

田青發現了她，對她揮揮手。她正猶豫著是否該轉身走開，田青已經大步朝她跑了過來，像認識了很久的老朋友那樣喊著她的名字，她不能假裝沒聽見，只好停在原地。

「這幾天住得還習慣嗎？」田青微喘著氣，關心地問。

她點點頭。

「有空可以多出來走走，我們這邊往下走可以到海邊，往上走可以到山上，風景都很美。」

她還是點點頭。

「還有，我待會兒可能要去妳那間清理一下喔，至少花該換了。」

因為不知如何拒絕，於是她還是只能點點頭。

「喔，對了，看見那邊那個男生沒？那是我弟弟，他叫田禾，稻穗那個禾。」

原來是姊弟，這再度出乎她意料之外。她望著田禾的方向，他也正笑看著這裡，陽光下，他整個人顯得閃閃發亮。

後來她真的聽從建議，到海邊走了一遍。回來時，田青正好在她的屋子裡把床單攤平。牆角的陶甕裡已經換上新鮮的野薑花，屋子裡瀰漫著芳香的氣息。

「這些野薑花都是田禾每天清晨到山上去採來的。」田青笑道：「他說野薑花最有田野氣息，香味可以療癒人心。他希望住在這裡的客人都有好心情。」

可能真的是因為野薑花的香氣，那天晚上她的心情特別寧靜，不但第一次把晚餐吃完，而且心悸也沒有發生。

她以為這是個難得的和平夜晚，但是入睡之後，她卻夢見了那個男人。

*

那是個混亂且幽長的夢境。

許多場景紛紛過去，她只記得最後一幕，是她和他在河邊走著，他說要送她一份禮物，接著就拿出一把玫瑰，她伸手去接，那花束卻忽然變成一束火焰，剎那間她陷身火海。她痛苦地掙扎，叫喊著：「救我！」他卻抱著雙臂，好整以暇地笑道：「妳可以跳河啊。」無計可施之下，她只好這麼做，但那河水竟然在瞬間凍結成冰……

她在強烈的心悸之中醒來，夢裡的痛楚延伸為現實，久久不去。啊，就算逃到天涯海角，她還是不得不面對自己的過去。

那是八年前的一場災難。

當時她大學三年級，在一間花店打工，他來買過幾次花，就這樣慢慢從陌生到熟悉。他是花店附近一家診所的醫生，大她十幾歲，長相平凡，但有迷人的嗓音和鍥而不捨的個性。一開始，她因為他的鍥而不捨而拒絕他的追求，後來卻又因為同樣的理由而接受他的示愛。當時的她太年輕，在這之前也並沒有經驗過成人的愛情。與她身旁那些同齡男生相較之下，他豐富的社會歷練確實更吸引她。

她以為這就是真愛，所以在他的要求之下，當他生日那天把自己做為禮物送給了他。那時的她還為了能在自己所愛的男人懷裡從女孩變成女人而流下感動的淚水呢。多年以後，每當想起那時所流的淚，她依舊不禁會為自己曾經的天真傻氣而泣不成聲。

但那時的她又怎麼知道，她心甘情願獻上的一切，竟然只是惡魔的遊戲而已。

發現自己懷孕了，她驚嚇得不知如何是好。他把她摟在懷裡，笑著說：「太好了！所以現在妳只能嫁給我了。」

她怔住了。「可是，我大學都還沒唸完……」

「妳可以先休學，等我們結了婚、妳也把孩子生了之後再復學。總之妳嫁我是嫁定了。」說著，他拿出一只鑽石戒指為她套上，熱烈地說：「嫁給我吧！」

她的父母早逝，撫養她長大的姑姑在她二十歲生日過後就到上海去定居了。雖然父母留給她的遺產讓她不愁衣食，但她一直渴望著一個家，所以在最初的不知所措之後，她開始期待與他一起組織一個溫暖家庭的未來。

但在他為她套上戒指的第二天以後，從此就不見人影。

過去她從不需要找他，他自己每天會固定出現在她的面前，不然也一定會給她電話。當連續數日都沒有他的消息，她終於無法按捺一刻比一刻更升高的惶恐不安，到他任職的診所去找他。她在櫃檯報了他的名字，得到的回答卻是：「本院沒有這位醫生。」

一時之間她感到天旋地轉。不對，一定有什麼地方弄錯了。「是這間診所沒錯啊，能不能請您再確定一次？」她又重複了一遍他的名字。

櫃檯小姐臉色一沉。「我在這裡十幾年了，還會不知道這裡有沒有這位醫生嗎？」

所謂青天霹靂就是這樣了吧。她步履飄飄地走出醫院大門，望著街道上川流不息的車陣人群，萬分詫異這個世界怎麼還能如常運行？接著她再也忍耐不住地蹲下身來，一邊流淚發抖，一邊把胃裡冒上來的酸液嘔了一地，全身的血液就像被瞬間抽乾了似的。

也是這時她才驚覺，與他交往以來，她沒去過他住的地方，沒見過他的家人和朋友，她雖然有他的手機號碼，但目前已經停用。既然他告訴她的職業是假的，那麼他所塑造的其他一切可能是真的嗎？說不定連名字也都是掰的！

所以，她是遇到愛情騙子了，而且她的肚子裡還有這個騙子的孩子！可是，可是這是她的初戀啊……

終於，她用手埋住臉，不顧一切地當街嚎啕痛哭起來。她真但願自己可以立刻死去。

但她還是得活著處理接下來的難題。

她休了學，在姑姑友人的安排下到美國去待產。孩子出生之後，交給了一對久婚不孕的華裔夫婦領養。之後她回到台灣，賣掉了父母留給她的房子，到另一個沒人認識她的城市開了一間花店。這時的她也不過才二十歲出頭，卻已歷經滄桑。

前些日子，她偶然在一堆舊物中發現那個男人當年送給她當作訂婚信物的鑽石戒指，當下本來要丟進馬桶裡沖掉，但在最後一刻她改變了主意。她帶著它到珠寶店去鑑定，只為了證實她心裡的懷疑。果然，店員很抱歉地告訴她：

「小姐，這不是鑽石，雖然做得很像，但是它其實只是玻璃。」

回花店的路上，她一邊開著車，一邊無法控制地狂笑不已。多好的象徵啊，這枚玻璃戒指為那段可悲的過去做了總結，她的故事荒謬得真是徹底！

*

「綠籬」的住客們一波波地來了又走，只有她依然在原地停留。

或者說，她是停留在過去與未來的夾縫裡，不知該何去何從。

每天下午，她都會到海邊去散步，看著潮來潮往，看著水鳥飛翔，企圖獲得心靈的平靜。也許她在期待著一艘船出現，把她載向未知的他方。但她心裡很明白，不會有任何拯救她脫離苦海的船隻出現，她只能從自己心裡生出力量。

回到她暫居的小屋時，屋子裡總是已經換上乾淨的床單和新鮮的野薑。她住了這麼久，又從不開口說話，別人一定覺得很奇怪吧，但田青和田禾卻從未多問什麼，倒是她漸漸對他們好奇起來。這對姊弟看來氣質不俗，顯然也受過良好教育，為什麼會到這遠離塵囂的地方來經營民宿？

這天她從海邊回來，經過偌大的院子時，卻見花架旁放了兩列長桌，桌上擺滿了琳瑯滿目的食物，到處都是歡聲笑語的人們，小孩和小狗們相互追逐著跑來跑去，與平日的寧靜大相逕庭。

當她正訝異時，田禾端著一盤剛烤好的餅乾經過她身邊，笑著說：「今天是月圓之夜，也是我們舉行賞月晚宴的日子。一起來吧。」

她還在猶豫著，田青卻不知從哪個角落裡忽然出現，不由分說地挽住她的手臂，熱情地堅持：「妳一定要嚐嚐我親手做的餅乾，保證絕對美味。」

於是她被安置在九重葛下的一張藤椅裡，膝蓋上的盤子裡裝滿了各式點心，也裝滿了主人的盛情。

她閉上眼睛，感受拂過的風，並聆聽著周圍的晏晏笑語。有多久她不曾置身在這樣歡樂的情境中了？雖然她擁有一間花店，她的工作是為了讓送花與收花的人們都感到幸福，可是她的心卻始終是悲傷的。

一隻手在她的肩頭按了一下，她睜開眼，看見田青正在她身旁坐下。

「妳看那月圓月缺，是不是變化無常？」田青仰望著月色，不知是對她說話，還是自言自語：「就像人生一樣。」沉默了一會兒，田青轉頭對她一笑，又說：「不過也是因為先有無常變化，才有柳暗花明。就像我以前從沒想過，自己竟然有一天會到這裡來經營民宿。」

田青說，她本來有一個體貼的丈夫，一個可愛的女兒，還有一份喜愛的工作。一家三口住在一幢漂亮的房子裡，日子過得平凡但幸福，可是五年前的一場車禍奪走了她最愛的兩個人，一夜之間摧毀了她的家。「我自殺了好幾次，卻都沒死成。後來我就決定，我要活下來，而且要活得很好，很快樂。」

田青說得輕描淡寫，她卻聽得膽戰心驚。那是多麼深沉的痛啊，如今的田青竟然可以如此溫和平靜。

所以田青決定到一個有山有海的地方生活，想來想去，就覺得經營民宿是個不錯的主意。那時，田禾在一家生物科技公司任職，因為表現優異而正要外派美國總公司，最後卻為了決定支持姊姊而放棄了大好的晉升機會。「他說他不放心我一個人，也確實是這樣，小小一個民宿其實也有大大的學問，靠我一個人真的辦不到。」

她看著不遠處的田禾，他正賣力地為一個小男孩吹氣球，表情好認真。真好，她羨慕田青有這樣一個兄弟，自小孤伶伶的一個人長大，姑姑對她的教養又很嚴厲，她從來不知道有愛相伴是什麼樣的感覺。如果她身旁也有一個愛她的人如此支持她，或許就不會落得現在這個地步了吧。

「生命總有意外，發生的事畢竟是發生了，但我們都有權利決定，不要活在痛苦的過去裡。」田青輕拍她的手，柔聲說：「我看得出來，妳也有一個傷心的故事，不管那是什麼，也許現在妳該做的，都是原諒自己，釋放過去。妳還這麼年輕，未來的路還長，要懂得與自己和平相處，讓自己快樂，好嗎？」

這天夜裡，她躺在床上，反覆思索田青的這番話。

是嗎？她還可以去愛嗎？也還值得被愛嗎？她常覺得自己像個破敗的娃娃，裡面塞滿了骯髒的舊棉絮。

她曾經被所愛的人狠狠欺騙，身心都受到重傷，所以她再也不敢信任任何人，只怕再度被傷害，但這樣的孤單真的是她要的嗎？

也許田青說得對，她一直無法原諒自己，才會讓自己陷溺在受害者的情境裡而無法自拔，但結果她只是懲罰了她自己，因為是她讓自己的心流離失所，是她任由自己的生命荒蕪，歲月老去。

她真的要為了一段痛苦的經驗而搞砸她全部的人生嗎？不！她決定要改變，也必須改變。

＊

一夜無眠。天色微亮她即起身到屋外散步，她希望清澈的空氣可以讓她的思緒更清晰。

一出了門，卻見田禾揹了一個大籮筐往小徑那頭走去。她心念一動，立刻快步上前。他聽見聲響，回頭看是她，笑道：「早安。」

她的視線停留在他背上的籮筐。

「這個啊，裝花用的。」他解釋：「我正要去採一些野薑花。」

她撿起一根小樹枝，在地上寫著「請帶我一起去」。

他有些訝異，不過立刻欣然同意。「好啊。不過有些地方路很陡，妳要小心走。」

往山上的路果然難走，窄小的石階加上青苔相當考驗人心，一個大意就可能滑倒。田禾很有耐心地等著她一步步慢慢走，並總在適當的時候把他的手伸給她。他的手厚實而溫暖，但在第一次握住之前，她曾經遲疑了很久，畢竟，做為一個與男人絕緣多年的女人，要突破這層障礙並不容易。

由於整晚沒睡，路又崎嶇，這上山的過程對她來說實在是個挑戰。雖然沿途草葉輕拂，鳥語啁啾，但她卻無心聆賞，只是累得不住喘氣而已。也不知走了多久，就在她覺得再也走不動時，前方的田禾忽然停下腳步。

「到了。」他說。

她抬頭一看，立刻被眼前的美景震懾住了。

兩山交界處，一條溪流蜿蜒而過，兩旁開滿了潔白的野薑花，撲鼻而來的芳香氣息令她頓時倦意全消。

「啊……」她由衷發出一聲驚歎，不禁忘我地喊了出來：「好美！」

「是啊，很美。」田禾也凝視著眼前的水澤花田，但他忽然意識到什麼，驚訝地轉過頭來望著她。「妳說話了？」

她捧著因驚詫而發燙的臉，一時之間也不能置信，在失語大半個月後，她終於找回了自己的聲音。

「太好了，原來妳會說話。」田禾笑了。「但妳看起來有點累，我們先休息一下。」

他讓她在一處有涼蔭的水邊安歇，然後用姑婆芋的葉子舀了溪水來給她喝，隨後在她身旁坐下。他們靜靜地感受著周圍的清風，偶爾相視一笑。這當下無限美好，她的心裡有某種感覺悄悄在滋長，讓她想要傾訴自己。她已很久沒有這種感覺，它像一陣風，輕輕吹開她心中緊閉的門扉。

「我想跟你說說我的故事，你願意聽嗎？」

「當然。」他看著她，眼神很真誠。

於是她開始說起那段往事，從如何認識那個男人，到如何發現她的愛情原來只是騙局一場，再到如何赴美生產，回台之後如何自我封閉地過日子。她雲淡風輕地說著，彷彿說的是別人的故事，他也靜靜地聽著，並不多問。當她把一切都傾訴完成之後，某些鬱積多年的東西也隨著流水遠去了。他們之間一時安靜無語，只有風聲、水聲和鳥聲，或許還有她的心跳聲。

他會因此而輕視她嗎？如果會，她也只能接受吧。但無論如何，為了她自己，她都必須誠實地坦露她的過去。

忽然，田禾的手伸了過來，緊緊握住了她的。他凝視著她，堅定地說：

「都過去了，也都永遠消失了。記住，每一個當下的妳才是真實的。」

她的淚水再也禁不住地奔流而下。也許她一直在等待的，就是有人能告訴她這句話。

此時此刻，她終於掙脫過去的綑綁，結束心的逃亡，得到了釋放。

從今以後一個人住

天王星與她的太陽星座形成角衝相位的那天，她和交往七年的傑森終於分手。

半個月後，當她的月亮星座也與冥王星形成正九十度角的這天，她被一股無可抵擋的力量關在自己的陽台上了。

*

這天早上，一如往常，為了不要讓毛絮滿屋子亂飄，她抱著小兔子棉花糖到陽台上梳毛。陽光很好，風正清暢，是個普通的早晨，看不出來有什麼壞預兆，但是當棉花糖的毛被梳理得柔順光亮，而她打算再回到屋內的時候，卻發現陽台的落地窗門被鎖住了。

她不可置信地看著玻璃門的另一邊，是的，她可以看得清清楚楚，裡面的把手確實是鎖上的。但這怎麼可能？這屋子裡除了她沒有別人，誰會從裡面把門鎖上呢？除非是剛才那陣怪風……？總之，事實擺在眼前，她被困在自家陽台上了。

怎麼辦？破門而入？但這門是強化玻璃做的，除非她手上正好有一把槍，否則無法撼動它一分一毫。

跳樓？但這是十六樓，除非她不想活了，否則想都別想。

而且，這還是個人煙稀少的山中社區，她的樓上樓下都沒人住，即使大聲呼救，她的叫喊也會被風聲淹沒吧。

所以，她是與世隔絕了？

透過玻璃門，她看著靜靜躺在屋內桌子一角的手機。不過是隔著一層玻璃而已，卻像隔著一條冥河，門裡門外是兩個世界。

她再一次感到後悔，也許她不該與傑森分手。如果他還住在這個屋子裡，那麼當他下班回家的時候，就可以拯救被困在陽台上的她。

但他已經在半個月前離開她的生活了。

＊

導火線是一株鬱金香。

那天經過花市，紫色鬱金香開得正美，她想起鬱金香的花語是「重新溫習愛情的浪漫」，喔，這正是她所需要的。於是她帶了一株鬱金香回家，放在臥房的窗台上。

真是神奇，一個空間裡擺上一朵花，整個感覺就非常不一樣。坐在暗香浮動的窗前，她因為這株鬱金香的存在而感到深深的喜悅。

但這種喜悅在傑森回家之後就破滅了。

看見窗台上多了一盆花，他雖然沒有說什麼，臉上卻流露出某種不以為然。那是當他不贊成她所做的事的時候常有的表情。每次看見他臉上出現那種表情，她都會覺得心口緊縮。

「你不喜歡嗎？」她不想掩飾她的失望。

「這很重要嗎？」他不耐地回應，轉身進入浴室，砰然關上了門。

她坐在窗前，覺得自己像是坐在流沙裡，一點一點地下沉。

從什麼時候開始，他們的關係變得如此疲憊了呢？

很久以前，她欣賞他的理性，他喜歡她的感性，他們在彼此身上看見自己所欠缺的部分，這成了相互吸引的原因；但經過這些年，兩人之間並沒有更靠近，反而漸漸遠離了。她不能明白他的淡漠和冷靜，他不能體會她的浪漫和熱情。他們總是各自看著不同的方向，想著不同的事情。雖然住在一起，但他的存在往往只是讓她感到更寂寞而已。

從三年前開始，雙方躺在床上的時候，總是背對著彼此。

從兩年前開始，彼此坐在桌前的時候，總是沉默地進食。

從一年前開始，兩人說話的時候，眼光不再交集。

而不知從什麼時候開始，彼此早已不再說「我愛你」。

這樣的兩個人還要繼續在一起生活下去嗎？第一次，她開始認真地考慮這個問題。

當天夜裡，她做了一個噩夢，「啊」的一聲驚醒過來，正坐在書桌前上網的他只回頭瞥了她一眼，又繼續埋進他自己的世界，那種漠不關心真是傷人。她坐起身，望著他遙遠冷淡的背影，淚水簌簌流下。

「你不愛我了，對不對？」她對著他的背影發問。

「什麼？」他心不在焉地回應。

「那我們還要繼續在一起嗎？」

「啊？」這回他終於回過頭來。

「我們分手吧。」

＊

抱著棉花糖站在陽台的玻璃門前，她看著自己一手布置的家，現在這屋子裡已經沒有男人曾經在這裡生活過的痕跡。傑森搬得很徹底，他帶走了他的音響、健身器材與所有的衣物書籍。這個屋子又回到七年前，她自己一個人住的時候，一個純粹女性風格的居所。

花布沙發，楓木櫥櫃，藤製吊燈，色澤油亮的柚木地板，這種鄉村風情的布置一直讓她感到很溫馨，但隔著一層透明玻璃望過去的此刻，她卻覺得那是一個陌生的空間。太安靜，太乾淨，也太空虛。

這半個月來，少了他在屋子裡走動呼吸，只有她一個人的氣息，總讓她感到難以言喻的冷清。或許她已經習慣了他占據這屋子一半的空間。雖然彼此很少擁抱交談，但屋子裡多一個人，孤單的感覺好似就沒有立足之地。

天空裡，一隻老鷹盤旋著，發出拖曳著長長尾音的鳴叫。她一向喜歡老鷹的叫聲，但此刻聽來卻只覺得心煩。

她也看著自己映在玻璃窗上的倒影。

隨便綁成一束的馬尾半捲不直，寬大的長襯衫遮住的身材線條不再緊致，疲倦微黃的臉頰顯得乾燥……這就是一個年過三十卻依然單身的女性在梳妝打扮前的殘酷真相。如果就這樣上街去，她想不會有任何男人看她一眼。

這個當下，她對自己信心全失。

唉，也許她不該和傑森提分手。過去五年來，她雖然過得不怎麼快樂，至少有個男人在身旁，不至於讓她感到一個人的心慌。

現在面對單獨的自己，她只覺得不忍直視的蒼涼。

天空裡的那隻老鷹又叫了一聲，她懷裡的棉花糖輕輕顫抖了一下。喔，天啊，那隻鷹該不會是發現她的陽台上有令牠垂涎的肥美獵物了吧……

「救命啊！救——命——啊——」她緊抱著棉花糖，不顧一切地朝著陽台外大聲喊叫起來。

＊

她曾經以為，她總有一天會嫁給傑森的。

對於一個害怕寂寞的女子來說，婚姻是一種拯救，一種歸屬的確定。

多年來，她把這個確定放在首位，其他都成了次要。她以為和他之間日趨淡漠的情感是戀愛太久的彈性疲之，只要有了婚姻的認證就可以再度回春，現在不快樂沒關係，真正的幸福可以在婚後好好經營。

從婚姻市場來看，他確實是理想的丈夫人選，學歷、身材都高人一等。在排名前五大的公司裡任職的高科技人才，不賭博，不酗酒，除了重度網路上癮症，沒有其他不良惡習，而且相貌堂堂。當她挽著他的手出席朋友聚會時，她都可以感覺得出在場女性友人對她的歆羨，那滿足了她的虛榮。

但他從未跟她求婚，於是只好由她向他提起結婚的話題。

「我們都住在一起了，這還不夠嗎？」他又是那種不以為然的表情。「為什麼一定要一紙婚約，那能證明什麼？」

「證明我們的孩子擁有婚生子的合法身分！」她堅決地說：「我想要小孩！」她三十二歲了，再過兩年就是所謂的高齡產婦，這種歲月不待人的倉促之感愈來愈折磨她。

他沉默了一會兒，難得地妥協。「好吧，如果孩子來了，我們就去公證。」

但孩子一直沒來。怎麼會來？躺在床上時總是背對著彼此的兩個人如果能生出孩子，也太違反自然法則了。

＊

高樓的風灌入她的喉嚨，喊救命喊得她口乾舌燥。

不知要在這裡待上多久？她看著太陽的方位，估計自己應該已在這陽台上虛耗了兩個多小時。

誰會發現她消失了呢？她，單身女子，一個人住，插畫界的ＳＯＨＯ族，常常閉門趕稿，就算半年都足不出戶也不足為怪；她想起報紙上常有的那種新聞，獨居老人死在屋子裡好一段時間之後才被發現。而說不定，她也會死在這陽台之上，化為白骨一堆……

她的頭頂上方忽然響起一個聲音，打破了她的胡思亂想。

「林小姐！林小姐！妳還好吧？」

她趕忙把頭伸出陽台，往上一看，是社區管理員。

「王先生！」在這一刻，她完全可以體會漂流荒島上的魯賓遜看見船隻經過時，是怎樣的狂喜。「我被困在陽台上了！」她的眼淚都快掉下來了。

「是喔，怎麼會這樣……」

在一來一往的喊叫聲中，王先生告訴她，她的救命吶喊竟然透過風聲的傳遞，到達另一座山頭的社區。那邊的管理委員會以為這裡發生了命案，所以打電話到本社區的管理委員會來詢問，於是管理員們分頭查看，而王先生在進入她樓上的空屋時，終於聽見了她的喊叫。

「我現在就去找鎖匠來開門。」王先生的臉消失在樓上陽台，不久，他的聲音再度從上方響起：「林小姐，我把手機留給妳，這樣比較好聯絡。」說著，他垂下一條尼龍繩，尾端綁著一支手機。

「謝謝。」她接住手機，感謝天，現在她再度與外界取得聯繫了。

王先生離去之後，下意識地，她開始按出一串數字。那是傑森的手機號碼。她想告訴他她發生了什麼事，她想告訴他她還是渴望婚姻與小孩，她還想告訴他，一個人住實在太孤單了；也許他會立刻趕過來，也許他們會流淚擁抱，也許他們會結婚、生小孩，繼續在一起過日子……

然而，當手機接通的那一刻，她忽然想起半個月前與他分手那一天，她做的那個預言式的噩夢。

＊

在那個夢裡，主要場景是一張長桌，她和傑森分坐兩端。桌上不但鋪著漂亮的檯布，擺著各色鬱金香，而且還堆滿了各式杯盤，看來是一場盛宴。但杯盤裡裝的東西都形跡可疑，有的像是乾枯的樹枝，有的像是水溝裡撈出的黑泥，還有的像是生鏽的圖釘，可是在夢裡的她似乎不覺得有異，不斷地用叉子叉起那些奇怪的東西送進嘴裡。

桌子很長，對面的他的身影模糊又遙遠，但她漸漸地還是看出了有什麼地方不對勁。不知怎麼回事，在他的胸口部分空了好大一塊，她可以透過那個缺口看見他身後的牆壁。

「你的心呢？怎麼不見了？」她問。

他冷冷地瞪著她。「妳憑什麼問我？妳還不是一樣！」

她低頭一看，才發現自己的胸口也是空蕩蕩的一片。

於是她「啊」了一聲，驚嚇而醒。

＊

「喂？」手機那頭響起傑森的聲音。

她怔怔地握著手機，卻是一時失了魂，不知該如何反應。

「喂？」他的聲音開始流露不耐。

她還是像被點了穴一樣，發不出任何聲音。

她在做什麼？她為什麼要打這個電話？難道她還在期待他來解除她一個人的孤單？

難道她還在渴望一個把高塔上的公主拯救下來的王子？

可是誰能拯救誰呢？和他在一起的七年，已經證明了那是一場徒勞的等待，而她竟然還不能覺悟嗎？

就像那個夢境一樣，他們對彼此早已無心了，乾枯的情感也早已沒有任何滋養，勉強在一起的只是缺乏靈魂的空殼，而她竟然還希望與他復合？

她太不愛她自己了！

她以為有個男人來愛她，才會有天堂，可是她在做的，卻是把自己推向地獄！

他是早已不愛她了，而她何嘗不是呢？她也早就不愛他了啊。或者說，她從來就不知道該如何愛他，因為她連自己也不愛，所以才會在面對一個人的狀態時這麼心虛，所以才會如此缺乏自信。

如果她不能好好愛她自己，那麼即使完成結婚生子這些人生程序，又有什麼意義？

手機裡傳來「嘟嘟嘟……」的聲響，不知什麼時候，那頭的傑森已經掛斷了電話。

*

占星學的說法，天王星總是帶來改變的契機，而冥王星更是會讓人經歷毀滅與重生。星星的流轉裡有人世的奧秘，每一件事情的發生都有它的道理。

此刻，站在這高樓陽台上，她開始感謝那陣把門關上的怪風，它讓她不得不面對她自己。

在天空裡盤旋的那隻老鷹已不見蹤影，天邊有幾朵烏雲堆積，也許就要下雨了。但這場雨來得正是時候，對她來說，那將是心靈的洗禮。她抱緊了懷中的小兔子棉花糖，有一種細細的喜悅從內心的某個角落蔓延開來。

一個人住有什麼關係！就算從今以後沒有任何生活伴侶，太陽還是會從這個陽台的東邊升起，月亮也還是會從西邊落下。

如果她愛她自己，怎麼會孤單呢？

如果她相信自己是完整的，又怎麼會需要另一個人來填補那根本不存在的空缺呢？

在愛別人之前，她應該先滿足的是愛自己的那份欲望。對自己的愛，才是愛的開始。

奇怪的音樂響起。好半天之後，她才發現那是從她手中的手機傳出來的聲響。

是管理員王先生打來的。「林小姐，妳的門打不開喔，因為妳從裡面鏈上鏈條了啦，而且好像還有好幾道封鎖咧。開鎖的師傅說，除非拆門，否則沒辦法喔。」

她不禁笑了。拆門？還不是因為先前她把自己層層封鎖了！如果她的醒悟要以這樣的儀式來做結尾，那麼上帝真的很幽默。

「好。」她不假思索，輕快地說：「就拆了吧。」

療癒與傾聽

愛一個人多過愛自己，
最後是會傷心的。
愛別人愛到沒有自己，
別人也不會愛這樣的自己。

聽鯨魚唱歌

有一隻鯨魚孤獨地生活在北太平洋裡，牠的行蹤或東或西，或南或北，從不曾在某處停留。沒有人見過牠，只知道牠的歌聲頻率是高於一般鯨魚的五十二赫茲。三十年前，這個聲音第一次被美國海軍的聲納系統探測到，因此推測出牠的存在。生活在廣大的海洋中，鯨魚之間依靠特殊的聲音頻率來傳遞訊息，而這隻鯨魚所吟唱的歌不屬於任何鯨魚群的頻率，可知多年來牠一直獨來獨往。人們以「五十二赫茲」當作牠的名字，並說牠是世界上最孤獨的鯨魚，唱著最寂寞的歌。

她在某篇報導中讀到五十二赫茲的訊息，彷彿眼前出現了在深深的藍色海底，一隻鯨魚穿梭而過的身影。

然後她望向窗外，居高臨下地看著縱橫交錯的街道、來來往往如魚群般的人們與車輛，心想，這個城市多麼像一座海洋啊。

她在這間廣告公司上班，公司位於城東某幢舊大廈的十三樓，但電梯上沒有十三這個數字，所以每天上班進電梯的時候，她必須按十四樓才能到公司。

電梯總是搖搖晃晃，很不牢靠的樣子，令她擔心纜繩會忽然斷裂，然後她就會被急速下降的電梯直接帶到地獄去。她常常考慮是否該另外找個工作，免得每天進出電梯都要承受這樣的精神壓力，但她只是想想而已，並沒有付出行動。

對很多事情她也是這樣，消極、飄忽、沒有付出行動。

她住在城西另一幢舊大樓的九樓，是那種私下改建的出租套房。木板隔間，獨立水電錶，室內只有四坪大，一整層密密麻麻都是同樣規格的單位，居住者眾多，鄰居之間卻完全沒有來往，誰也不認識誰。

她住的地方陳設簡單，並沒有廚房，可是她還是把一個角落獨立出來擺上炊具。她有一個小電鍋，每天晚上她會先把糯米煮好，早上再用小平底鍋煎兩個蛋，加上一些紫菜，做成三個飯糰，一個當早餐，兩個當午餐。她的薪水不多，付了房租就所剩無幾，必須謹小慎微地過日子。

每天早上她搭著捷運從城西到城東，晚上再搭著捷運從城東回城西，往返的路上總是戴著口罩，並不只為了隔絕空氣汙染，也為了那樣讓她有某種安全感。把大半個臉蒙起來，她就覺得把自己也掩藏了起來，誰都看不到她。

後來她連在辦公室裡也戴著口罩，如果有人問起，她打算解釋這是個人衛生，但從沒有人問起她戴口罩的理由。她在這間廣告公司裡做的是整理資料的工作，與其他部門的來往都在E-mail之間傳遞，不必與任何人面對面溝通討論，因此她本來就是半隱形狀態。她說不出來那究竟是安心還是失落，總之戴起口罩就有了某種武裝，當她從一群同事面前經過而被無視時，不必擔憂自己臉上的表情洩露了孤單的心情。

中午大家相約出去吃飯的時候，從來沒有人問她要不要一起去？晚上下班後同事們偶爾會互邀去唱歌或小酌，她也從來不在呼朋引伴的名單上。

在陽光照耀不到的深深海底，獨來獨往，沒有同類，唱著只有自己才能聽到的歌。那是什麼樣的心情，她可以了解。

她出生在五十二赫茲被發現的那一年，她覺得這也不是巧合而已。

她上網找到美國海軍聲納系統所探測到的五十二赫茲，與其說那是歌聲，不如說更像是寂靜的深夜裡，吹過廣漠曠野的風聲。她一遍又一遍地聆聽，只覺得那是來自自己心底的回音。

她今年三十歲，沒有可以談心的朋友，平常和家人也少有聯絡，一直以來都是一個人吃飯，一個人生活，一個人出門，一個人回家，一個人在這座人海茫茫的大城市中移動，像一隻落單的鯨魚穿梭在孤獨的水域。

後來當她見到他的時候，只覺得彷彿遇到另一隻失群的鯨魚。

那天中午她像平常一樣，帶著自己做的飯糰和紅茶到公司附近的公園去吃午餐，離她不遠的另一張椅子上，有個和她年齡相仿的男人坐在那兒，雙手插在外套口袋裡，背靠著椅子，抬頭看著天空。她坐的地方正好可以看見他的側臉，而他臉上所流露的那種寂寥讓她心裡的什麼地方揪緊了一下。

午餐過後，她回到公司，進了電梯正要關門，一個男人匆匆進來，竟然就是他。

電梯裡只有他們兩個人，她按下十四樓，然後退後，留下儀表板前的空間給他，但他看了半天，一臉困惑，最後只好尷尬地問她：

「請問怎麼沒有十三樓？」

她想起公司最近正在徵才，於是問他是否來應徵工作？他點頭說是，她淡淡地說：

「那麼以後你來上班時要記得，我們公司在十三樓，但你必須要按十四才能到達。」

聽到她這句話，他臉上的表情忽然一鬆，嘴角微微往上一勾，露出一個淺淺的笑容。

電梯在十四樓開啟後，她指示應徵所在的會議室給他看，他向她道謝，同時還加上一句：

「早日康復。」

她愣了一下，然後想起自己正戴著口罩，他大概是以為她感冒了吧。

這天傍晚，下了捷運，走在回家的路上，她輕輕地唱著歌，想到什麼就唱什麼，有口罩擋住了，不必擔心別人聽見。她的心情很好，因為有人跟她說了一句早日康復，因為自己被關懷了。

過了一段日子，他的身影開始出現在公司裡，她知道他已通過面試，現在他是她的同事了。

因為不在同一個部門，所以她沒有什麼與他照面的機會，但每每不經意地、遠遠地驚鴻一瞥，就讓她覺得心裡的音階提高一度。

也有幾次，她與他迎面而過，他對她點頭打招呼，她也對他微笑，但錯身之後，她才想起，自己是戴著口罩的，他怎麼看得見自己臉上的笑容？他會不會覺得她很冷漠呢？她告訴自己下次要出聲說嗨，可是當又再次看到他的時候，她還是害羞地發不出任何聲音。

她注意到中午吃飯與下班後的社交，呼朋引伴的那群裡也沒有他。和她一樣，他也是落單的個體。這正是她第一次見到他時的直覺，失群的魚，但他或許也和她一樣沒那麼需要群體，因為他心中有獨特的旋律。

但這並不表示他們這樣的人不需要朋友，只是他們尋找的是與自己頻率相同的同伴，而這樣的同伴太難尋，所以寧可保持孤獨。

這個社會上有一種主流價值，對於成功有一套約定俗成的定義，但她從不認為追求名利有什麼重要，對於所有的流行事物也都缺乏興趣，更厭倦一切的競爭關係。這使她從學生時代起就處於同儕的邊緣，女孩們吱吱喳喳聊的明星、美妝、男朋友，她完全插不上話，於是只好讀自己的書，聽自己的音樂，自己做自己的朋友。

但他對自己也有同類的直覺嗎？會不會她的直覺只是她的想像？若是這樣，她會有一點點失望，但不會有太多難過。一個人過了這麼多年，她早已學會對任何人都不要抱著過多的期待，因為那樣會帶來幻滅後的痛苦。

然而心中有一個關注的人影，日子真的會不太一樣。她開始覺得工作沒那麼無趣，生活沒那麼蒼白，感覺沒那麼厭世。

或許與他這樣遠遠地保持距離也好，這樣就沒有幻滅的機會。她就可以盡情的想像，在另一片水域，有另一隻五十二赫茲，與她唱著同樣頻率的歌。

接連著一段時日都是雨天，她只能在辦公室裡吃午餐，感覺總有些鬱悶。

這天終於放晴，她帶著裝了飯糰的便當盒和熱紅茶來到公司附近的小公園，坐在常坐的位子上，望著藍色天空裡的白色雲朵，心想天氣真好，今天一定會發生好事。當她取下口罩，正要把便當盒從袋子裡拿出來的時候卻忽然發現，他就坐在她第一次見到他時的那張椅子上。

當下她並沒多想，就站起身來朝他走去。「嗨。」她在他面前站定。

他抬頭看著她，先是一臉不解，但很快就露出驚訝的表情。

「喔，妳是……」他沒有叫出她的名字，只是吶吶地解釋：「因為我第一次看見妳沒戴口罩的樣子，所以剛才一時沒有認出來。」

她平常的害羞忽然一掃而空，輕快地問：「你想嚐嚐看我做的飯糰嗎？」

「好啊！」他往左邊挪動，留下右邊的位子讓她坐下。

小公園裡很安靜，偶爾有鳥聲啾啾，幾株吉野櫻開得正好。她把一個飯糰遞給他，自己拿了另一個一口咬下，覺得今天的飯糰特別美味。

「謝謝妳。」他忽然說。

「不客氣，其實只是很簡單的煎蛋和紫菜包在糯米裡。」

「妳的飯糰很好吃，但我說的不是這個，而是上次在電梯裡的事。」

「電梯裡的事？」

「妳可能不記得了，但我一直印象深刻。那天我來應徵，進了電梯卻找不到十三樓，電梯裡只有我們兩個人，妳跟我說，以後我來上班時，必須按十四樓才能到達十三樓。妳說得好自然，好像我已經得到這份工作似的。一定是妳這麼肯定的緣故，後來一切真的就很順利。」

她想起來了，那天她確實對他說了這樣的話，也想起來他當時臉上瞬間放鬆的笑意，還想起他對她說的那句「早日康復」。她不禁微笑起來。

他轉過頭來看著她。「妳應該要常常笑的，妳笑起來很好看。」停頓了一下，他又認真地說：「這樣的笑容用口罩遮起來就太可惜了。」

她的微笑加深。「謝謝，你很會讚美別人。」

「不，我不太會說話，可是也不知為什麼，好像可以很自然地和妳說話。」

她明白，她也是這樣。

這種心情，大概就像五十二赫茲唱歌時，聽到另一隻頻率相同的鯨魚回應一樣吧。

她抬頭望著天空，心想今天的雲好美，天空就像是深沉的海洋，白色的雲朵則是層層湧動的波浪。此刻，她的心情也很美，彷彿向著無盡的遠方敞開，正如遼闊的天空一樣。

妳想移民火星嗎？

「如果要徵選移民火星的第一批移民，你會想參加嗎？」

她在某本科學期刊上讀到一篇關於火星的文章，突發奇想地問了他這個問題。

「嗯，這就像當初第一批坐上五月花號到美國的移民一樣，會離鄉背井到新大陸去開墾的，多半都是一些窮人或是罪犯。因為一無所有的人什麼都沒有，只有勇氣。但是，也只有這樣孤注一擲，才有機會開闢出一片新天地，成為新時代的英雄。所以，好啊，為什麼不去？反正地球生活也不怎麼有趣，去火星生活看看也好。」他說。

她看著期刊上哈伯望遠鏡所拍的火星照片，看起來除了荒涼與貧瘠沒有別的，連一株小草都長不出來，這樣的地方怎麼可能生活呢？

「那妳呢？妳想移民火星嗎？」他反問她。

她當然不想了，她對那片不毛之地沒有任何嚮往，可是如果他想去，那又另當別論。

「去呀！」她一臉燦笑，臉頰微熱。「如果你去，我就去。」

他望著她，她也回望著他，雖然心中小鹿亂撞，但還是力持鎮定。這一刻的時間既短暫又漫長。

終於他俯過身來，輕輕吻了她。

後來她常常回想兩人定情的那一幕，心裡滿是甜蜜。感謝火星。

她愛他，愛得神魂顛倒，別說火星，就算是地獄，她也願意跟他去。想起他的時候，她的胸口總是湧動著近似淒楚的柔情，她覺得自己從沒這樣愛過一個人。

但她的姊姊對她的愛情並不看好。

「他沒有固定工作，個性又陰晴不定，妳真的覺得他是可以在一起的人嗎？」

「他只是暫時離開工作，因為他正在寫一部長篇小說準備參加文學獎，而且他已經有好幾篇作品被刊登在很棒的文學刊物上了。他真的很有才華！」

才華洋溢的人通常也都情感豐富，所以那不是陰晴不定，而是有個性。她後面這段話還來不及說出口，就被姊姊臉上意味深長的表情制止了。

「妳是戴著玫瑰色鏡片在看他，所以他在妳眼中只有美好。但是，記得我說的，就算再怎麼愛一個人，還是要最愛自己。愛一個人愛到沒有自己，最後是會傷心的。」

可是愛一個人就是把這個人放在全世界的最前面啊！如果在親密關係裡最愛的依然是自己，那還算愛情嗎？她不能同意姊姊，卻也不打算辯駁，因此保持著沉默。

無論如何，她正在熱戀的當口，她的每一個意識都被他占據，每一個細胞都為了他而呼吸，而她是如此陶醉於深愛一個人的感覺，這樣的感覺前所未有。她覺得自己彷彿從一個長長的睡夢中甦醒，世界天光大亮。是的，她從來沒有像現在這樣有感地活著。

為了支持他對寫作的夢想與熱情，她主動負擔起兩人之間的一切花費，常常還會偷偷塞一些錢到他的口袋裡，讓他不小心發現那些錢的時候還以為是自己以前留下來的，這樣的做法是為了不要傷到他的自尊心。

但有時她不能不同意姊姊，與他相處其實不是一件太容易的事。或許是因為常常要面對腸枯思竭的時候，他的情緒起落很大，往往前一刻還好好的，下一刻就山雲變色。

例如有一回，他在LINE裡跟她說，如果她要過來，順便幫他買個便當。她本來在忙，但念著他一定是餓了，所以排開手邊正在處理的事，立刻去買了一個雞腿便當，帶到他住的地方。

他摟著她說她是他的大使，但笑容在打開便當盒的那個瞬間就消失了。

「妳不知道我不吃雞肉嗎？」他憤怒地一揮手，把那盒便當打翻在地。

她嚇傻了。她是真不知道，他又沒說過。

「妳沒發現我們出去吃飯，我從來沒有點過雞肉？妳對我有用心嗎？有嗎？」他氣得臉都紅了。「就算妳沒發現好了，至少可以在買便當之前先問過我，看我喜歡什麼再買。妳這樣自作主張，問也不問一聲，妳有把我放在眼裡嗎？有嗎？」

她不知怎麼辦，只能掩臉哭泣。他卻不理她，逕自出門去了。

當他回來的時候，她已把一地的狼藉清理乾淨，還洗了他一籃子的髒衣服。他把眼睛哭腫的她抱在懷裡，一臉愧色，自責萬分。

「對不起對不起，妳知道我一寫稿起來，壓力就很大的。我沒有靈感，稿子寫不順，很多時候我都懷疑自己有沒有才華……」

她以心疼的親吻阻止了他的歉疚與自我懷疑，她早就原諒他了，不，她一開始就沒有責怪他。愛是寬恕，是不要對方說抱歉。他對她發脾氣，是因為他把她當成自己人，她怎能對他生氣。

所以，某次約好看電影，她都買好電影票了，他卻直到電影結束都沒出現，讓她在電影院外枯等到散場，無論怎麼call他LINE他，他都無消無息，事後才說忘記與她有約，她沒有生氣。

還有一次，兩人起了一些口角，他騎上機車揚長而去，把她一人放生在黃昏時分的陽明山巴拉卡公路上，讓她自己想辦法搭陌生人的便車回家，她也沒有生氣。

甚至是那次她因為感冒不舒服，給他訊息請他帶她去看醫生，他人是來了，卻一臉怒容。「妳一定要在這時生病嗎？本來我稿子寫得正順，氣勢都被妳破壞了……」她還是沒有生氣。

都是因為他正在寫那個長篇小說的緣故，為了參加那個文學獎，他把書店的工作都辭了，如此破釜沉舟，表示他的勢在必得，可想而知他給自己多大的壓力！她怎能不體諒？

而且他雖然有時脾氣不好，可是大部分的時候待她是好的，他會幫她把不喜歡的豆芽菜吃掉，會在她月事期間帶紅豆湯和巧克力來陪她，還會為她把厚重的窗簾拆下來清洗晾乾再掛回去。

「拿到一百萬之後，我會帶妳去巴黎，我們要去羅浮宮看蒙娜麗莎，要去加尼葉歌劇院看《歌劇魅影》，要去花神咖啡廳喝咖啡，還要去香榭麗舍大道上的 Tiffany 旗艦店買一個戒指給妳。」他喜歡想像拿到文學獎首獎之後，將如何使用那筆獎金的畫面，她也百聽不厭，並不是因為對於巴黎有多麼期待，而是他眼中閃爍的光芒，讓她也跟著開心起來。

她天天禱告求神讓他得到那個獎，她希望他快樂。只要他好好的，她的世界就會好好的。他是她的全世界。

然而，在他的前女友出現之後，這個世界開始有了裂縫。

他終於完成那篇長篇小說，在他把稿件寄出那天，她和他正走在街上，一輛橘紅色的車子在前方停了下來，然後從駕駛座上走下一個女人，雙眼直盯著他。他低喊了一聲「天啊」，匆匆跟她說：「妳在這兒等我一下。」然後快步朝那個女人走去。

那個女人一身波西米亞風格的罩衫，長直髮，面容白皙，身材姣好。她在他的手機裡見過這個女人的照片，那是他的前女友小雪。當她與他還是普通朋友的時候，他把她當成傾訴對象，跟她說過很多小雪的事，她知道他們在一起很多年，知道後來小雪移情別戀，也知道那段日子他有多消沉。

而現在，小雪出現了。她覺得彷彿有一隻冰涼的手抓住了她的咽喉。

其實她可以大大方方地走上前去，讓他把她介紹給小雪：「這是我現在的女朋友……」但她沒有，她只是侷促地佇立在原地，隔著一段距離看著「他們」。他往這兒瞥過幾次，小雪卻從頭到尾不曾看她一眼。

也不知過了多久，小雪又進入駕駛座，橘紅色的車子揚長而去。

她走向他，兩人都裝作若無其事一般，繼續往前走。好半天之後，他才開口：

「哎，她和那個人分手了，現在過得不太好……」

所以現在這個小雪又是自由之身了？她心裡湧起不安的預感，那隻一直抓著她的咽喉的隱形之手更冰涼了。

她的預感後來成為一種敏感，在他不時查看簡訊時，她會猜想那是否是小雪發來的？在他離開她到遠一點的地方去回訊時，她會猜想他回話的對象是否就是小雪？在她發訊息給他卻無消無息的時候，她會猜想現在的他是否正和小雪在一起？或許這並不是一種敏感，因為他失蹤的時刻愈來愈頻繁，對她的態度愈來愈心不在焉，她也因此愈來愈不安。

不安的感覺有如內在的颶風，她的心裡很容易就一片風沙走石，讓她時時都覺得有說不出的煩悶。她想與他聊聊自己的不安，卻不知如何開口。

除了不安以外，她還有自責。愛是信任，她卻如此疑神疑鬼。她愈來愈討厭這樣的自己。

是她的內在引發了外在吧，還真的有一個颱風漸漸形成了。氣象報告說這將是個強烈颱風，請大家務必做好防颱準備。

但防颱是要如何防起？眼看著一段感情不太對勁又能如何處理？

颱風登陸這天，正好那個文學獎公布了得獎名單，他的名字不在上面。她的心在瞬間沉到谷底。怎麼辦？他曾經對這次參賽抱持了那麼高的期待，可說是把一切都賭上去了，現在名落孫山，他該有多難過？她又該如何安慰他？

她傳LINE給他，未讀。她打手機給他，未接。

她的腦海中浮現他沮喪失落的痛苦模樣，在這種時刻，無論如何她都該陪伴他一起度過的。現在的她只想立刻飛奔到他的身邊。

可是狂風暴雨正在席捲這個世界，網路即時新聞已經陸續有災情傳出：電線杆傾倒，路樹被連根拔起，路上空中到處都是被吹落的異物；以十七級的風速來說，即使是一根小樹枝也可能在風中成為殺人利器，若是在這種時刻出門，那真的是冒著生命危險。

她倒不是擔心自己的安危，而是覺得不該讓任何一位計程車司機陪著她一起冒這個危險。人家也是有家人的，這種時候應該和家人在一起，不要讓家人擔心。

而她擔心著他，坐困愁城，徹夜煎熬，無法入睡，只能不停地為他禱告，希望他平安無事。

天亮的時候，風雨開始變得平靜，氣象報導說颱風已經出海，暴風半徑正在漸漸脫離本島。她終於可以打電話叫來一部無線電計程車，趕往他住的公寓。

一路上她都在想著要如何安慰他，鼓勵他。「還有下次，而且你也還有我。」她在心裡反覆琢磨可以對他說的話。

他住的公寓在城市邊陲一個老舊區域裡的安靜巷弄內，她讓計程車在巷口停車，自己撐傘走進去。巷口倒了幾棵樹，落葉樹枝吹得到處都是。就在她快要走到他的公寓門口時，卻不得不停住了，再也跨不出往前的腳步。

因為那輛橘紅色的車子就停在她的眼前，她見過它，知道車主是誰，而從車身上所堆積的汙泥與落葉來看，這輛車子應該是從昨夜以前就停在這兒了。

在這個當下，她有 種奇異的感覺，彷彿置身火星，觸目所及皆是一片荒涼與貧瘠，而她並不是現在才在這裡。

她是什麼時候移民火星的呢？或許是當她把別人看得比自己還重要時，就成為火星移民了吧。

「就算再怎麼愛一個人，還是要最愛自己。愛一個人愛到沒有自己，最後是會傷心的。」此刻，她想起姊姊曾經對她所說的話。

她一點也不想住在火星，卻來到這裡，可是這難道不是她自找的嗎？她深深吸了一口氣，又長長地吐出那口氣，然後轉身往回家的路上走去。

愛別人愛到沒有自己，別人也不會愛這樣的自己。

這真的是最後了。她告訴自己，傷心都是自己造成的，從此以後她再也不會把任何人放在自己之前。

雨還是一陣陣地下，風還是一陣陣地吹，但她的世界從這一刻開始不一樣了。

是的，她正在離開火星。

不安

無意識之間，她輕咳了一聲。

有人轉頭過來看她，眼神充滿了責備與不滿，也有人刻意往旁邊挪移，很明顯想與她保持更多的距離。在這節捷運車廂上，她發現自己的周圍特別空曠。

怎麼回事？她感到迷惑，也覺得受傷。

難道是因為失戀的人會有那種讓人感到不幸所以不願靠近的磁場嗎？她的心情本來就已經很低落了，現在更有一種被全世界遺棄的不安。

不過，還有什麼是比被男友和好友一起背叛更悲慘的呢？

她感到一陣酸楚，趕緊深吸了一口氣，不讓眼淚掉下來。事情發生之後，她一直沒有哭，因為她希望可以冷靜地面對。在愛情與友情一起失去的時候，她不願也失去了剩下的尊嚴。

但是想到明天上班還是會見到佩雯，她就覺得煩悶。

當初若是沒有讓佩雯和阿傑認識就好了，再一次地，她感到懊悔。

可是當初她又哪裡會想到後來竟會成為這樣的結果，那時佩雯情感受挫，她希望佩雯快樂一點，就要求阿傑把不錯的男性友人介紹給佩雯。為了製造輕鬆的氣氛，總是阿傑開車，她坐前座，佩雯和另一個人坐後座，兩男兩女一起到山間海邊去野餐，她還會費心準備一切吃食，可說盡心盡力，然而卻是這樣的下場，最後竟然是她失去一切。

不過誰會想到佩雯會奪人所愛呢？佩雯三年前進公司，與她同一組，就坐在她隔壁，外表穿著都很保守，就是那種典型的小家碧玉，看起來乖巧守本分，讓人毫無戒心。她基於前輩的熱心，在工作上幫了佩雯很多忙，佩雯為了表示感謝，也常常把自己做的甜點帶來送給她。於是兩人走得愈來愈近，漸漸成為閨密。

誰知道這個閨密竟然是個匪類！這種感覺就像邀請別人登堂入室，結果自己心愛的東西被偷了一樣。她覺得無比痛心。

但真正讓她心痛的，還是阿傑。

她和阿傑這段時間很少見面，因為前些日子他頻頻出差，十分忙碌，這一陣子他又說自己得了流感，不想傳染給她。這些理由都冠冕堂皇。她向來不是個緊迫盯人型的女友，所以也不疑有「她」，另一個她。如今回想起來，這一切全是藉口，只是他對她的冷落與逃避罷了。

出差可能是假性出差，不過流感倒是真的。雖然阿傑說暫時不要見面，但知道自己的男朋友生病，她當然很擔心，也覺得應該負起照顧的責任，所以曾經採買了一堆青菜水果與日用品，到阿傑的住處為他洗衣掃地還煮粥。那天的阿傑頻頻咳嗽流鼻水，一臉病容，雖然兩人已經一段時日未見，他看到她出現並沒有表現出高興或想念，對她的殷勤並不感謝，連她煮的粥也只勉強喝了半碗就放下了，總之就是一副無精打采的樣子，直到聽她說打算留下來陪伴他，他才忽然生出力氣來大聲反對：

「妳不要讓我在自己生病的同時，還要擔心妳被我傳染好不好？已經跟妳說不要來，妳為什麼不聽？妳這樣只會讓我更心煩妳知不知道！如果要我快好，就讓我自己一個人安安靜靜養病不行嗎？」

他惱怒的臉色和語氣讓她覺得委屈又生氣，這人是怎麼了？吃錯藥了嗎？掛心他還要被他罵？但想想他在生病，病人總是壞心情的，自己還是多擔待些吧。因此她忍著氣，要他好好照顧自己，就離開了。

可是她心裡知道，他不太對，不只是身體不舒服的緣故，他對她的不耐還有其他原因。

那天是星期五，接下來她在家裡悶悶不樂地想了兩天。兩人之間只傳過一次LINE。「今天覺得怎麼樣？」她問，很久之後，他才傳來兩個字：「還行。」她回想他是從什麼時候漸漸變得如此冷淡的？大概就是從兩個月前，他的出差行程變多以後開始。

就算她再怎麼不敏感也曾不安地猜想，是不是有外力入侵了？所以當星期一，她在公司裡聽說佩雯也得了流感而必須請假時，忽然靈光一閃，接著一陣刺心，知道這就是答案。

線索是約莫兩個月前，她曾經在佩雯的臉書上看到的那張照片。那是一張佩雯的特寫，她手上拿著一個杯子，眼神迷濛地對著鏡頭微笑，搭配這張照片的是一行文字：「值得紀念的一天。」

當時她覺得訝異，因為阿傑也有那個杯子，而且還是她送給他的。那是她在義大利的一個小山城買的，純手工捏出來的陶杯，全世界應該只有一個才對。看到那張照片的當下，她正在阿傑的住處，因此還把那只杯子拿來比對了一番，確定是一模一樣。

「這個杯子……」她不自覺地驚訝出聲。

阿傑探過頭來看著她手機裡的照片，瞬間瞪大了眼睛，好半晌才說：「不會吧，妳不是說那是向一個義大利工匠買的手工杯嗎？怎麼會有複製品？妳被騙了吧？」

第二天在公司裡見到佩雯的時候，她問佩雯怎麼會有那個杯子？是否也去過義大利的西恩那？佩雯正忙著處理一堆文件，從頭到尾不曾看她一眼，頭也始終沒抬起來。「沒有啊，什麼杯子？」

她打開佩雯的臉書頁面，想找出那張照片卻找不到，她的上司此時走過來交辦一樁急件，她接下來忙著處理事情，就把杯子的事忘了。

但她心底明白，其實自己一直記得，只是暫時不想去追究罷了。在潛意識裡，她擔憂真相可能是自己難以面對的。

因為她已察覺了，不只是阿傑對她愈來愈冷漠疏離，佩雯的態度也很奇怪，總是迴避她的視線，並且自己帶便當，午間不再和她一起到外面覓食，下班也自己一人離開，不再與她一起走到捷運站。

種種跡象其實已經夠清楚了，她無法再當一隻把頭埋進沙堆裡的鴕鳥假裝視而不見。

以出差和生病的藉口不見她，是因為要見佩雯。不要她去他的住處，是因為佩雯要去。阿傑和佩雯之間至少已經有兩個月了，那所謂「值得紀念的一天」，照片就是在阿傑的住處拍的，而那個獨一無二的杯子也一起入鏡了，至於那天發生了什麼事值得紀念？那其中所充滿的無限曖昧，她也不想去猜了。無論佩雯後來為了什麼刪除或隱藏了那張照片，總之已經被她看到了。阿傑為了掩飾形跡敗露，還企圖把結論帶成是她被義大利的工匠騙了，其實真正欺騙她的人就是他啊！

阿傑本來就不太使用臉書或Instagram，佩雯的臉書也始終沒有更新，所以她看不到更多蛛絲馬跡。也許有更新，只是佩雯刻意屏蔽了她？她藉口工作需要，向一個同事借用電腦，並且悄悄點開同事的臉書頁面查看佩雯的動態，果然，那張照片還在，而且有更多可以看出背景的照片出現，那個環境她太眼熟了，就是在阿傑的住處拍攝的。

她的心思紛亂，但還是捱過了年前最後幾天的上班日，接下來就是年假，她可以一個人好好把事情想一想。

她該怎麼辦呢？去和阿傑攤牌嗎？去質問佩雯嗎？還是把這兩人斷捨離，從此不理不睬呢？她陷入各種自我交戰。

整個假期她都足不出戶地待在屋子裡，沒有看新聞，沒有上社群網站，也幾乎與外界斷絕聯絡，只是苦思。但直到假期即將結束，她還是不知該怎麼辦。

與阿傑之間顯然已經情斷，整個年假期間，她沒有與他聯繫，他也完全對她不聞不問，夠令人心寒了。斷就斷吧！但上班還得見到佩雯，這讓她心煩。

有時她也會正面思考，熱戀中的男女情不自禁要膩在一起，彼此傳染流感很難避免，被冷落一旁的人則安然無恙，或許是好事一樁。聽說這波流感帶來的症狀令人十分痛苦，被阿傑傳染的不是她，也算逃過一劫。她告訴自己該覺得慶幸，但還是沮喪悲傷。

而且話說回來，失戀也是有症狀的，沒有胃口、精神不濟、口乾舌燥、噩夢連連、睡眠品質不良……這種種不適並不比流感好到哪兒去。最嚴重的是心痛，她都可以感到自己那顆受傷的心正在腫脹發疼，壓迫著胸口，讓她常常下意識地想咳嗽，咳出心裡的惡氣。

她又咳了一聲，不過這次，她意識到自己在咳，也忽然發現除了自己以外，全車廂的人都戴著口罩。

是因為流感吧，看來這波的威力真的很嚴重！一時之間，她感到抱歉與尷尬，但要怎麼向別人解釋她的咳嗽與流感無關呢？失戀並不會傳染，別擔心啊。她無法這麼跟別人說。

下了捷運，走在路上時，她發現所有迎面而來的人也都戴著口罩。而且平日繁華的街區人煙稀少，顯得特別冷清。

她是為了一場講座勉強自己出門的，那是年前的預定，因為與她的工作有關，所以公司規定她必須來聽，聽完還要寫報告。這是個苦差，她很不情願，卻又不能不來。然而到達講座會場，卻發現門窗緊閉，一個人也沒有。

是這個地址吧？她疑惑地打開手機裡的郵箱，想找出先前的講座報名表，卻在新郵件裡看到有關單位在三天前發出的訊息，表示為了因應新型冠狀病毒，講座已經延期，日期確定之後將再擇日通知。

新型冠狀病毒？這是什麼啊？她在手機裡鍵入這幾個字搜尋，發現那是一種新型肺炎，目前正以可見的速度在世界各地蔓延，上萬個病例中已有不少人陸續死亡，而且因為是全新的病毒，所以短期之內還未能研發出疫苗，當然也沒有解藥，因此人心惶惶。

她這才恍然大悟，原來人人都戴著口罩不是為了防堵流感，而是為了這種來勢洶洶的新型病毒。對本地來說，疫情目前只是個案，並沒有大量發生，但還是人人自危。

這種感覺很像那種常見的災難電影，關於某種未知的病毒帶來的恐慌與死傷，但也像是電影一樣總會下檔，她並不覺得應該感到太過擔憂害怕。

不過這個消息還是給了她某種震撼，原來在她為了情傷而自閉的時候，這個世界上發生了這樣的變化，有許多人正在面對生死的拔河，還有更多人正在面臨病毒入侵的威脅。與這個全球性的災難相較之下，前一陣子的流感忽然顯得程度輕微，她的失戀更是微不足道。

在這個當下，她覺得曾經的痛苦都沒什麼了，所有的糾結也不重要了。

無論如何，先去買口罩吧。她想，待會兒還是要坐捷運回家的，她不願再被當成危險分子，在這個時候，人人都是潛在的病毒帶原者，她可以理解這樣的集體不安。

但她走了好幾條街，問了十幾家便利商店和藥妝店，還是買不到口罩。

在夜晚的寒風裡，疲累的她依靠著騎樓的柱子，終於從情傷以後，第一次流下淚來。

同學會

「親愛的同學：時光荏苒，國中畢業後已經十二年了，大家現在都變成什麼模樣了呢？歡迎來參加同學會！」信末註明了同學會的時間、地點，以及刻意放大字體級數的「不見不散」四個字，還有一個誇張的驚嘆號。

她看著E-mail上的署名，印象中是國三班上的某個同學。國中畢業之後，她和以前的同學就再沒有聯絡，這位同學竟然還有她的E-mail，令她一時驚訝萬分。

她並沒有仔細去看信末的時間和地點，反正根本就不會去，所以沒有知道的必要。

國中是她的人生中最晦暗最痛苦的時期，如果有一塊神奇的橡皮擦可以把那段時光抹去，她一定會用力把它擦得乾乾淨淨，直到還原為一片空白為止。那樣不堪的過往，她連回想都不願意，又怎麼會去參加那見鬼的同學會！

如果看見了當年那些同學，大概真的就像見了鬼吧。

她把這封信挪進垃圾郵件欄，決定已讀不回。

可是接下來她一整天都心神不寧，早上主持社內會議時頻頻失神，中午吃義大利麵把糖當成胡椒鹽撒了滿盤，下午把要送給客戶A的禮物寄給了客戶B。晚上回到家後，她把自己浸入堆滿泡沫的浴池裡，沮喪地回想著這混亂的一天，然後不得不對自己承認，都是那封同學會邀請函打亂了她的心情。

從浴池起身後，她面對著浴室鏡子，審視著自己潔白無瑕的容顏，開始換另一個角度思索這件事。也許應該去參加的，她可以優雅地出場，以坦蕩的氣勢向那些舊同學宣告，她活得很好。

她閉上眼睛，過去的片段浮現眼前，讓她內心深處某個角落震顫了一下。那是混雜著恐懼與憤怒的複雜情緒，是如團塊一般的回憶陰影。

她彷彿看見當年那個柔弱的女生，坐在教室一角，那是下課時分，周圍都是打鬧喧譁的同學，唯有她低著頭讀自己的書，連呼吸的頻率都小心翼翼，盡量不要引起任何注意。她很清楚，自己在這個班級裡最好的處境就是被無視，一旦礙著了誰的眼，那就是她活該倒楣。

冷不防一隻手橫過她的桌面，搶走了她正在看的書。

「你知道我在等你嗎？」搶書的同學怪腔怪調地唸出書名，立刻引來眾人一連串的訕笑。

「好嗯。」

「哈哈笑死人！誰會等她啊！」

「那個你是誰啦？衰爆了！」

眾人你一言我一語，像是在唱多口雙簧，她的頭都快低到桌面上去了，只希望耳朵暫時關閉聽覺功能。拜託拜託，拜託拜託……她發現自己正在心裡喃喃自語，卻不清楚自己究竟是在向哪一個神求救。

不過這也不重要了，反正不管她呼求的神是哪一位，神從來沒有在她需要的時候現身來拯救過她。

「好了啦，別弄她了。」神默不作聲，倒是麗子說話了。

麗子是班上的女生頭日，這群人以麗子為首，向來以作弄他人為樂。她沒想到麗子竟然會為她出頭，正疑惑間，就聽到麗子又尖聲說：

「畢竟醜女也會發春嘛！」

大家爆出笑聲。接下來的那天裡，書沒有回到她的桌上，她的頭也沒有抬起來過。

直到放學之後，她才在教室後面的垃圾桶裡看見那本書，經過眾人折騰，整本書已殘破不堪。

諸如此類的事件，三天兩頭就會發生。她是麗子集團的霸凌對象之一，班上沒有同學敢和她當朋友，不然就是擺明了沒把麗子放在眼裡，那是自找苦吃。班長不敢惹麗子，導師也採取鴕鳥政策，對這一切只裝作沒看到，更助長了麗子一干人等的有恃無恐。

她的國中生涯有如深淵，每天都覺得活在黑暗裡，但還是有一絲光芒存在，支撐著她每天上學去。

因為她暗戀著江偉，只要可以看見他，彷彿晦暗的世界就有了某種光亮。

江偉是班上許多女生喜歡的對象，就連其他班級也有許多女生愛慕。他有大大的眼睛和長捲的睫毛，皮膚比女孩還白皙，是傑尼斯風格的花美男。

她喜歡江偉是默默地喜歡，不敢像其他女生一樣公然地遞情書和禮物給他。只要能擁有喜歡一個人的心情，她就很滿足了。她也不敢期待江偉會喜歡她，環繞在他身邊的女生一個比一個強勢，彼此還會爭風吃醋。

江偉從來不曾注意過她，可是他好像也沒有對誰上過心，向來只如偶像一樣維持著某種姿態，對任何人都視而不見。如此高冷，讓她對他更傾心了。

她偷拍了一些江偉的照片，每天醒來睡前都要看一遍。其中她最喜歡的一張，是有一回她走過樓梯間時，正好看見他倚著走廊上的欄杆凝望著天空的模樣。她心中怦怦直跳，拿出手機拍下他的側臉，然後轉身逃離，那樣的刺激與陶醉令她那一整天都開心不已。

暗戀一個人如果一直是個秘密，就可以維持某種純淨，然而這份純淨終究還是被破壞了，而且破壞得很徹底。

那是國三下學期最後一次模擬考後，那天中午，一個同學臨時要打電話回家，向她借手機，她借出後就埋首在英文考卷的訂正裡，並沒多想。好一段時間之後，她才意識到手機已被借去許久，抬起來頭，卻發現一群同學圍著那位同學在觀看什麼，其中還有人轉過頭來看她，臉上帶著訕笑。過了一會兒，那位同學終於把手機拿來還給她，臉上也有那種令她不安的表情。

接過手機的那一刻，她驀地驚覺，難道他們剛才在看她手機裡的相片檔嗎？她忽然覺得全身彷彿驟然失血，瞬間慘白了臉。

果然，到了下午，她偷拍江偉的八卦已經傳遍全班。

她的臉又辣又燙，心神不寧，怎麼辦怎麼辦？江偉會討厭她嗎？會覺得她是個花癡嗎？……她縮在自己的位子上，無論如何不敢把頭抬起來，好不容易熬過了第八節課，一放學她就半走半跑地逃離了教室。

但才離開校門不久，她就在某條巷子裡被麗子集團圍住。四、五個女同學有如兇神惡煞，逼她把手機交出來，逼她說出手機密碼，再逼她自己動手把手機裡的照片全部刪除。

這支手機是媽媽送給她的生日禮物，裡面的照片檔累積了許多點點滴滴，一旦刪除，那些記憶片段的畫面也就化為烏有，她當然不願意刪。而且這完全沒道理，就算麗子和她的黨羽不高興她拍了江偉的照片，那麼該刪的也是那幾張，怎麼能要她把所有的照片全部刪掉呢？

但如果會講道理，麗子也就不是麗子了。

「誰知道妳偷拍了多少，一張張檢查太麻煩了，反正妳全部刪掉就對了！」麗子扠著腰，咬牙切齒地說：「妳憑什麼偷拍江偉，嗄？妳以為妳是誰？不要臉的賤人！」

看著麗子那狂怒的模樣，她心中雪亮，喔，原來麗子也偷偷喜歡江偉……她本想反唇相譏，卻一句話也說不出口，只能摀著臉哭了起來。

她的手機不知被誰搶走，一陣操作之後，又被丟回她腳下，接著麗子盛氣凌人的聲音再度響起：

「照片是妳自己刪的，聽到沒？如果妳敢去多嘴就試試看！」

那天她回到家時，只說身體不舒服，然後就把自己關在房間裡，晚飯也不吃。到了深夜，她的母親才發現她高燒接近四十度，趕緊送急診，但醫生查不出個所以然，只能囑咐多喝水多休息。

她的燒一直沒有退，所以也就順理成章地沒有去上學。反正最後一次模擬考已考過了，學期只剩下最後幾天，不到校也無所謂。父母被她接近半昏迷狀態的模樣嚇壞了，只希望她恢復健康，其他都不強求。

只有她自己心裡清楚，她是刻意要讓自己生病的，唯有如此，她才能遠離那讓她混亂的一切。那些恐懼、憤怒、羞恥、自憐……是十五歲的她無力處理的情緒，她唯一能做的選擇就是逃避。

那麼，妳現在二十七歲了，會怎麼看待這件事呢？她問自己。

十五歲那年發生的事情帶給她的影響，就是讓她決定成為一個堅強的人，再不讓別人可以輕易欺侮她。整個高中時期，她除了用功讀書，還參加各種社團，努力克服原本害羞的個性。身高也在這時期抽高，變得修長苗條，漸漸的有許多人說她漂亮出色，但最重要的是，她開始有了自信。是自信讓一個人從內心往外在發光。

此刻，她凝視著浴室鏡子裡的自己，看到的是一張柔中帶剛的臉。她早已不是從前那個羞怯的女孩，但想起當年的時候，她的眼中依然有著那個女孩驚惶的陰影。

我必須面對。她對自己說：唯有直面過往，才能消除那時留下的陰影。

她把那封邀請函從垃圾郵件再找回來，回覆了「參加」的選項。按下送出鍵之後，她發現自己整個人都在顫抖，過了許久才平復。她知道那是曾經累積的情緒正在釋放，先前一直被壓抑著，但它們確實存在。

*

同學會那天，她穿上剪裁簡單卻質感絕佳的白色上衣和水藍色長裙，長髮以一枚施華洛世奇的水晶髮夾束成鬆柔的低馬尾，一走進會場就引起許多目光的注意。她心中緊張，表面卻維持優雅淡定，一一和那些目光微笑致意，只覺得眼前每個人都似曾相識卻又恍如初次謀面。十五歲到現在或許是人生中變化最大的一段時光，當年的少年少女如今都已青春不再，一時之間，她很難把眼前的任何人與從前的印象連在一起。

環視一圈下來，她並沒有看見麗子，也沒有看見江偉，但也可能是兩人外表改變太多，讓她完全認不出來了。

幾個女同學圍上來與她攀談，對她流露出歆羨之意，吱吱喳喳地問長問短。當知道她與兩個朋友合開了一家公關公司時，其中一個女同學還討好地說：

「以前我就覺得妳是我們班最漂亮的女生，現在好像也最有成就耶！」

她驚詫不已，簡直難以置信，這位女同學當年就是麗子集團的成員之一，難道她們過去是各自活在兩個平行時空裡嗎？

原來一起經歷同一樁事件、同一個年代的人，多年之後的回憶卻可能完全不一樣。也可能是對方不想承認自己做過的事，所以扭曲了先前的記憶。更可能的是對方真的已經完全忘記了，現在說的只是社交辭令而已。

那麼，只有自己對於往事如此耿耿於懷，又有什麼意義呢？她一時啼笑皆非，在深感荒謬的同時，卻也覺得有某種頓悟。

看來，不但每個人是獨立的個體，每個人的記憶也是各自獨立。

所以當有人提起麗子的名字時，她發現自己比先前想像的平靜。

他們說麗子沒能來參加同學會，是因為她的外婆前兩天去世了。麗子的母親生下她之後就人間蒸發，是外婆將她養大的。麗子的成長過程吃了不少苦，現在過得也並不好，先前幾份工作都不長久，目前暫時打零工度日。

她這才明白，當年麗子那耀武揚威的姿態背後，原來是一個情感與經濟雙重缺乏的貧瘠環境。麗子所表現出來的張牙舞爪，不過是反映了內在的低落與徬徨。

麗子挑選她出氣，或許是因為自己看起來就是幸福人家的孩子吧。

在這個當下，她心中對當年的一切瞬間釋懷。這並非她認同了麗子那時的行為，而是她懂得了，當年的麗子不過也只是個內心受傷的孩子。現在的她有能力寬恕那個孩子。

她的公司同事來訊，說是今天在另一個場地舉辦的活動有一些狀況必須她出面處理，因此她只得中途離席。當她走出會場時，一位晚到的同學正好趕到，這回她一眼就看出那是江偉，當年的花美男如今變成了俊帥小生。

兩人錯身而過的時候，他盯著她看的眼光充滿了驚喜與詫異，但她心中並無波瀾，對他大方地嫣然一笑，隨即翩然離去。

她知道自己不會回頭的，因為，她已經把十五歲的自己留在身後了。

第七次以後

她要的不過是一份真愛，為什麼那麼難？

她只要夏天可以枕著他的臂膀，在樹蔭下安心入睡；冬天可以與他一起泡在溫泉裡，裸裎相見也很自在；她只要這樣一個男子在她的生活裡存在。

但似乎是受到某種詛咒，當她與某個男人的交往正要開始進入穩定狀態，就總是一再地被傷害。

這是第幾次了？她很快地在心裡默數了一遍，七次，這是第七次因為另一個女人，使她的愛情又被判死刑。

好像剛剛所宣布的決定還不夠傷害她似的，此刻，光司強調般地再補上一句：

「我想，她沒有我可能活不下去。但是妳，妳夠堅強也夠獨立，沒有男人照顧妳，妳一個人也可以過得很好。」

這是什麼鬼話呀，一時之間，她真想撿起地上的石頭用力K他，但她忍住了。

她受不了那種一哭二鬧三上吊的女人，不過顯然正因為她太懂事，所以男人總會在關鍵時刻選擇另一個女人，因為他們必須安撫她們的尋死覓活。至於她，不必擔心，「妳一個人也可以過得很好。」幾乎每一個離開她的男人都這樣跟她說過，但這樣說的目的是為了讓她好過，還是為了減輕他們自己的罪惡感？

光司的手機又響了，不必看來電顯示也知道是誰打來的。她和他在這公園裡才說了不到一小時的話，那個女人已經狂叩他十八次。

「我該走了。」光司站起身來，躊躇地望著她。

她不看他，也沒說話，在她的臉上沒有這種場景該出現的淚流滿面，她也不會抱著他哀求他不要走，這些都不是她的作風，她只是從頭到尾都維持著一貫靜默的姿勢，像聽著公司簡報那樣面無表情聽他的分手宣言。

既然愛情即將不存在了，那麼至少她要維持最後的尊嚴。

但男人不會欣賞她的作風，他們只會覺得，毫不挽留的態度，正是她不夠愛他們的證明，於是他們原來還殘存的一點點抱歉也就心安理得地拋到九霄雲外去了。

「那麼，好好保重。希望我們還是朋友。」光司不痛不癢地丟下這句話，就轉身走開。

她抬起頭來看著他的背影漸漸消失在樹林掩映的盡頭。他不曾回頭，一次也沒有。一股悶氣堵在她的胸口，她必須用力深呼吸才能吸進氧氣，但還是擺脫不了那種窒息之感。她開始後悔，也許她該給他一巴掌，也許那會使她比較好過一點。那些遠離的男人從來沒有一個還能當朋友，一個也沒有。

總是這樣。男人為了另一個女人轉身離開她，留她一人面對受傷的殘局，是不是他們以為她夠堅強，所以不必害怕傷害她？難道她的情感程式有某種潛伏的病毒，時間到了就會發作，然後殘酷地將她摧毀？

一隻貓悠悠從她眼前經過，不知為什麼，牠看起來好像剛從水裡被撈起來，渾身濕淋淋的；其實不只有牠，整個眼前的世界都一片水意模糊。她詫異地抬頭看著濕淋淋的天空，濕淋淋的樹影，好半天之後才恍然大悟，濕淋淋的其實是她自己的眼睛。

不知什麼時候，她已經哭得不能自已。

＊

如果別人不愛她，那麼她就要更愛自己。這是她一貫的信念。所以，為了補償失戀的痛苦，她把公司的年假一次請完，以最快的速度安排了出國旅遊，前往吳哥窟療傷。

既然失戀所遭受的創傷像車禍一樣嚴重，那麼為什麼不能給自己放失戀假？在第一次失戀的時候她就這麼想，那次她去了東京，並且花掉了全部的積蓄。當時她二十一歲，大學剛畢業。

現在她二十八歲，除了東京之外，還去過夏威夷、羅馬、舊金山、菲律賓和峇里島，再加上這次的吳哥窟，八年之內共有七次療傷之旅。或許就是因為次數太頻繁，所以工作多年依然一貧如洗。

十二月的台北又濕又冷，終年常夏的柬埔寨還是豔陽高掛，但走在被綠蔭覆蓋的吳哥遺址，她的心情卻像台北的天氣一樣溼冷。

孤伶伶一人漫遊在荒煙蔓草之間的女神廟、被蛇樹與青苔盤據的塔普倫寺，望著大小吳哥城牆與重重迴廊間的神像與浮雕，她的心也彷彿是一座不見天日的古城，孤獨地面對自身的剝蝕與崩毀，被全世界遺忘。也許不知經歷多少寒暑之後，就像某位探險家在盤根錯結的熱帶雨林之中終於發現了吳哥城一樣，有人也終於發現一個女子封閉枯寂的心靈，那麼他會願意用盡力氣來撬開她的心扉嗎？

不，太晚了，她的心已經死了。她不是一次斃命的，而是經過七次的累積，八年的凌遲。這回她很確定，她真的受夠了。

在回程的飛機上，她下了一個決定，從此以後，她要終結一切男女關係，一個人活下去。她不會讓自己再遭受第八次的遺棄。為了這個決定，下機後她直接去了髮廊，把一頭長髮剪到齊肩，做為一種儀式，證明她的決心。

*

回家後，她倒頭就睡。還有三天假期，而她打算在睡夢中度過。現實太傷人，她必須養足力氣，才能清醒地面對它。

但連第一個夢都還沒開始做，叮叮不斷的鈴聲就將她拉回現實，她睡眼惺忪地爬向電話，拿起話筒，有氣無力地開口：「喂？」

「妳還活著？」那頭傳來阿飛低沉的聲音。

「不。」她幽幽地說：「我已經死了。」

果然是多年老友，阿飛立刻察覺了她的語氣中有什麼不對勁。「怎麼回事？」

「我剛從吳哥窟回來。」

這麼一說，他就懂了。「換句話說，妳又失戀了？」他知道她每回情傷就出國旅行的習慣。「所以這段日子妳不在台北？難怪我的LINE妳沒回，手機沒開，也沒看妳上臉書。」

她用手指捲著電話線，默不吭聲。

「妳現在心情怎麼樣？」他用那種哥兒們的口氣問著。

「還能怎麼樣？」她故作冷漠。「不怎麼樣。」

他沒說話，好似在等著什麼。她拚命制止著自己，但終究是壓抑不住地哽咽了起來。

「你告訴我你告訴我，我我我……我是不是一個不值得被愛的女人啊你說……我真的覺得很悲慘很痛苦很心灰意冷耶……」

他長嘆一聲。「要我現在帶啤酒過去陪妳嗎？」

「不要！」她狠狠把淚水擦去，暴躁地喊：「我好睏！我想睡覺。」

「好吧。那明天妳來參加妮妮的派對，轉換一下心情。」

妮妮是阿飛現任的女朋友，一個公主病很嚴重的女人，她常常很納悶，以阿飛容易不耐煩的個性，竟然可以和妮妮在一起一年半之久。

「派對？」

「對啊，明天是跨年夜，妮妮她家每年都會舉辦跨年派對，去年妳沒來嗎？」

「我去年跨年是在峇里島度過的。」她的雙眼無奈地往上翻，心情卻更往下沉，因為這又提醒了她上一回的失戀，而峇里島絕不是一個適合療傷之旅的地方，到處都是成雙成對的甜蜜情侶，更突顯了她的形單影隻。她真是瘋了才會選擇那種地方來和自己過不去。

「這……」這下阿飛也辭窮了。「總之我先前曾經傳了一封妮妮發的邀請函到妳的信箱，妳去看一下。」

她當然不會去。「你女朋友不是很討厭我嗎？怎麼會邀請我？」其實阿飛歷任的女朋友都不喜歡她，這她可以理解，畢竟阿飛和她的感情太好了。

他在那頭尷尬地輕咳了一下。「嗯，因為我告訴她，妳會和妳男朋友一起來。」

「噢……」她咬牙切齒地迸出聲來：「真是謝了。」

放下電話後，她爬回床上，卻是輾轉反側，難以成眠。

為什麼她每一回的愛情都是那麼不幸又短命，卻可以和阿飛維持十多年的友情？是不是她注定只能當男人的友人，卻不能當男人的戀人？

阿飛是她的高中同學，當年因為她最好的朋友暗戀他，她就自告奮勇地去探測他的心意，結果他和那位同學並沒有成為一對，她和他倒成了無話不談的好友。他們兩人在一起的時候總是很自在，或許是因為彼此從未意識到對方是異性吧。他知道她所有倒楣的男人運，她也很清楚他全部的女性經驗。阿飛是那種沒定性的傢伙，一旦女人想與他天長地久，他就想走人了，所以他的愛情也都不長久，與這位妮妮公主能拖過一年半已打破他自己的紀錄。

「幸好我從來沒把妳當女人，不然妳也只是我的前女友之一而已。」阿飛曾經這樣說過。

「是喔，我也從來沒把當你男人看哪。」她反唇相識：「我可不想在我已經夠慘的男人運上又添加你這樁敗筆。」

唉，也好，友情總是比愛情更長久，如果她注定得不到男人的愛情，只能得到男人的友情，那麼她也認了。

＊

她睡了很長的一覺，醒來已是第二天下午。

但她沒有起床，只是繼續躺在床上對著天花板發呆。

今天是跨年夜嗎？仔細一想，她沒有一段戀情能熬到這一天的，所以她從來不知道和情人一起迎接新年是什麼感覺。啊，她果然是個被厄運詛咒的女人。

她開始一段一段地回想那些傷心過往。

第一次不幸，她二十一歲，對方是醫學系六年級的學生。在他到某醫院實習時，竟瞞著她接受科主任為他安排的相親，而當他和那位千金小姐開始交往之後，竟還維持著與她的關係。後來她發現有另一個女人的存在，他的理由是科主任掌握著他的實習成績，若不答應必定影響他的前途，所以他要求她識大體，與他轉為地下化。她一言不發，從此離開了他。

第二次不幸，她二十二歲，剛開始她的第一份工作，對方則是另一個部門的年輕總監，打從她一進公司就對她展開追求，讓她成為眾女同事羨慕的對象；而當她接受這份情感之後不久，卻發現他同時還追求著另一位與她同期的新人，只是方式比較隱晦而已，卻也因為隱晦的緣故而極度曖昧。她二話不說，不但立刻結束與他的關係，而且當天就遞了辭呈。

第三次不幸，她二十四歲，對方是她偶然在街上重逢的國中學長，當年的他是她偷偷愛慕的對象，多年不見之後更是風采迷人。當他吻她的時候，她以為是憧憬多年的美夢成真，但第二天他卻打電話告訴她，他女朋友發現她的存在，自殺未遂住院了，所以她和他之間也必須結束。問題是，她根本不知道他有女朋友。

第四次不幸，她二十四歲，對方是她同事的哥哥，在他妹妹的強力撮合下，她們展開交往，但她總覺得他對她缺乏該有的熱情。後來他終於對她坦承，他一直深愛著另一個女人，但她有夫有子，不可能離婚，他很痛苦，才會接受他妹妹的安排。他要求她給他一段時間去處理與那個有夫之婦的關係，卻不保證可以成功離開她，因為，「她是我的毒藥，我已經上癮了，很難自拔。」他說。顯然她在他的故事裡只是個配角，而她看不出她為什麼要蹚入別人的渾水，所以當然立刻轉身走人。

第五次不幸，她二十六歲，對方是她的同事，也不知怎麼回事，本來與她不來電的他忽然對她大獻殷勤，每天幫她帶早餐、送鮮花，甚至還不時寫幾首情詩傳進她的信箱；就在她快要被他打動的時候，公司裡卻開始流傳她搶了某位女同事男朋友的耳語。她問他這是怎麼回事？他承認和那位女同事曾經秘密交往，本來他以為與她之間已經結束了，但因為她的出現，她又回頭找他，而他這才發現，他也依然深愛著她。換句話說，她的存在是這兩人的情感終於修成正果的催化劑。這回她沒有辭職走人，而是他們兩人一起離開公司創業去了。在公司所流傳的八卦裡，她成為灰頭土臉的狐狸精，而她百口莫辯。

第六次不幸，她二十七歲，對方是某位世伯的兒子，剛從國外拿到博士學位回來，他們一起喝了幾次咖啡，看了幾場電影，他就向她求婚了。她對他的印象雖然也不錯，卻沒肯定到願意與他共赴一生的程度，所以她希望再給彼此一段時間，培養更深的感情。但這位講求效率的經濟學博士卻表示他沒有太多時間可以空等，如果她不能給他確定的答覆，那麼還有另一個已等了他十年的女人隨時準備嫁給他。她立刻表示願意放棄成為博士夫人的機會，並請他從此別再與她聯絡。

第七次不幸，她二十八歲，在一個偶然的機緣下認識光司，並且很快進展到可以出入對方居所的程度，也因此，她也很快就發現他家的電話答錄機裡有女人的激情留言。他承認那是他的前女友，這位前女友一直對他念念不忘，分手之後自殺多次，讓他從不敢真正放下對方。最近因為她的出現，前女友又第N次在割腕之後把他找去，逼他重修舊好。而最後的結果，就是他決定要好好愛護另一個悲傷的女人，卻不擔憂她的心會被摔成碎片。

＊

這樣的一份情感清單，夠慘烈了吧。如果在經歷這一連串的不幸之後，她對男女關係還會抱持著期待，那麼也就太愚昧了。

窗外的天色已經從白天轉為黑夜，她想自己該起來吃點東西，卻頭痛欲裂，一點胃口也沒有。正當她打算翻身再睡的時候，門鈴聲忽然響起，而且那種按法又猛又急，她只好起身去開門。

門外站著阿飛。他瞪著她，彷彿見了鬼。「妳沒事吧？」

她被他的臉色嚇了一跳。「怎麼了？我沒事啊。」

「我一直打電話給妳，手機沒開也就算了，連家裡電話也不通，我還以為妳尋短了。」他氣急敗壞地說。

喔，為了好好睡一覺，昨晚與他通完電話之後，她把電話線拔了。她正要斥責他想太多，自己哪是那種會尋死覓活的女人，卻忽然胸口一暖，一股熱淚上湧，接著就撲進他的懷裡大哭起來。

她不能否認，有人關心的感覺真好。

阿飛把她扶進屋裡的沙發上，坐在她的旁邊，端詳著她的新髮型。「妳把頭髮剪短了？」

「嗯，」她還在抽噎。「這……這是一個儀……儀式。」

「什麼儀式？」

「我決……決定把愛情從……從我的生命中……移除。我的男……男性經驗……驗太糟糕，所以我……我決定到……到此為止。」因為啜泣的緣故，這段話她說得拖拖拉拉。

阿飛壓低了眉，靜靜地看著她。「妳的男性經驗不會全部都很糟糕吧，畢竟，妳還有我。」

他語氣中某些異樣的成分令她心中一動，也令她懷疑自己的耳朵是否會錯意了。

「我從妮妮家的派對過來的。嗯，妳沒事就好。」他凝視她的眼神深不可測，和以前很不一樣。

「我沒事啊。」她拚命深呼吸，穩定自己的聲音，也穩定自己的心情。

「你快回去吧。」

他搖搖頭。「我沒辦法走開，親愛的，妳需要有人照顧。妳的樣子看起來糟透了，好像被一群大象踐踏過。妳上一次吃飯是什麼時候？」

老天，她還真想不起來，難道是在回台北的飛機上？

「別管我了。」她推著他。「妮妮公主要生氣了，你快回去。」

「事實上，我剛才離開的時候，正好看見她和別人在暗處接吻。」他笑了笑。「隨便她吧。對我來說，妳才是真正重要的。」

「真的嗎？」她呆住了。

「真的啊。」他把她攬進懷裡。「剛才我一路都在飆車，因為我擔心妳會看不開，也擔心我會失去妳。雖然以我對妳的了解，妳應該不會做這種蠢事，但誰知道呢，妳其實沒有妳假裝的那樣堅強，有時真的也不太聰明……哎，總之，我想說的是，為什麼我到現在才發現，原來，我一直愛著妳。」

時間與她的思緒在這一刻一起靜止，在她還來不及有任何想法或回應以前，阿飛的唇已經覆上她的。

＊

在壓倒性的激情過後，她抱膝坐在床沿，看著阿飛的睡臉。

剛才那一切是真的發生過嗎？眼前凌亂的床褥和滿地亂丟的衣服像不容質疑的證據攤在眼前，但她依然覺得好不真實。

也許她應該為自己的腦部補充一些蛋白質，才能好好思考這個意外的轉變。所以她穿上衣服，走進廚房，煮了一壺咖啡，煎了一份起司蛋堡，坐下來慢慢地進食。

這是她要的嗎？從阿飛的知己變成他的戀人？昨天她才決定要終結一切男女關係，今天就和她最好的朋友成為男女朋友？

「在想什麼？」阿飛走了過來，倒了一杯咖啡，在她旁邊坐下。小睡過後的他神色自若，好像和她上床是一件再自然不過的事情，看來他一點也不會為他們關係的轉變而煩惱。

「這樣好嗎？」她的聲音很輕，像是自言自語。

他喝著咖啡，從杯緣上方凝視著她。「什麼意思？」

「我們真的要從朋友變情人嗎？」

他的眼睛瞇了起來。「妳在擔心什麼？」

「你知道的，我的男人運一直很背，如果你是我的下一樁厄運呢？所以，也許我們應該回到朋友的位置就好。」

他搖搖頭，半認真半開玩笑地說：「在我們袒裎相見之後，妳這樣的想法讓我的男性尊嚴很受傷噢。」

「阿飛，我不想失去我最好的朋友。」

「妳最好的朋友不能進階為妳的男朋友？」

「我所有的男朋友都成了前男友，我不希望你是下一個。我怕到那時候，我們連朋友都做不成。」

「但是我們也回不到原來的位置了。」他氣定神閒地說。

是的，她不能否認，原來的界限已經被打破了。當一對男女之間有了性關係之後，是不可能有純友誼的。

「而且，」他燦然一笑，看起來很得意自己占了上風。「如果我就是妳一直所嚮往的真愛呢？」

她心中一動，抬起頭來望著他。他也定定地望著她。

「我也不知道自己是不是從此就會安定下來，那要讓時間來證明。」他澄澈的眼中是一片真心。「我只知道我想和妳在一起，因為妳讓我覺得很舒服，很自在，這是我和別人在一起時都不會有的感覺。我相信這也是妳的感覺。而且，」他的手橫過桌面，握住她的。「如果有一個人能改變妳的愛情厄運，我想那一定是我。」

她默默凝視著他無偽的雙眼，知道這將是一次情感的賭注。

雖然超過了某個界限，他們之間就再也回不了頭，但不試試看，又怎麼知道當情人不會比當朋友更好？

這份情感已經開始轉變，像一顆正在發芽的種子，她又怎能阻止它順著它的意願成長？所以就讓一切該發生的自然發生吧。也許它會開出美麗的花，結出營養的果。

如果最後，這份情感終究只是她人生中第八次不幸的愛情厄運，那麼至少他們曾經一起真誠地面對過彼此。

忽然間，她覺得前所未有的安寧與放心。

「怎麼？」他察覺到她臉上表情的轉變。

她看著牆上的鐘，臉上漾起笑意。「現在是一月一日的凌晨。你知道嗎？

這是我此生第一次和情人一起迎接新年。」

「真是個好象徵。新年快樂！」

「嗯，新年快樂。」

他們迎向彼此，緊緊擁抱著對方。在這個當下，她深深地相信，第七次以後不會是第八次，而是幸福的開始。

單身女子

因為一個人住的緣故，她平常都吃得很簡單，常常是烤兩片吐司，煎一個蛋，再加一些生菜，組合成一個三明治就當成一餐。如果想要吃些美味的食物時，她就會前往住家附近的那間麵館。

這裡專賣北方麵食，老闆手藝頗好，算是有口碑的名店，不僅做這一帶住宅區的生意，許多饕客也會專程而來，因此時常滿座。她總是只有一個人，也就免不了要與不認識的人併桌。雖然不喜歡與陌生人一起吃飯，不過這是單身者一定得接受的狀況，畢竟店家要做生意，一個人占了四個人的位子總是不像話。所以她有時得和也是一個人的客人共用一張桌子，對方若是女性還好，若是男性就不免尷尬。

這天她一踏入麵館，女侍即招呼她入座，她見那桌已有一個男子正在用餐，本能地就想轉身離開，但女侍已經把點單卡遞了過來，她只好坐下。點單時，她的餘光瞄到桌上那男子面前的食物，炸醬麵、蔥油餅、烤麩和四季豆，她心驚了一下，咦，這不就是自己正想要點的嗎？因為好奇的緣故，她迅速地瞟了那個男子一眼，三十來歲，眉目清楚但面無表情，戴了一副銀框眼鏡，穿了一件淡藍色襯衫。真是的，她想吃的都被他點了，她若再點相同的東西，是否會被他誤會她是有樣學樣？猶豫半晌，她只好在點單卡上勾了一碗榨菜肉絲麵和一盤滷蛋豆干。

過了幾天，她又去麵館吃麵，食物都上桌之後，女侍帶了另一個單身客來併桌，她稍微抬眼一看，發現就是他，而他看見桌上她正在享用的炸醬麵、蔥油餅、烤麩和四季豆，明顯地愣了一下。她慶幸地幾乎笑出來，還好這回是自己先來，不必顧慮別人了。不久他點的東西也端上桌，是一碗榨菜肉絲麵和一盤滷蛋豆干，這不就是她上回點的嗎？她在心裡驚叫了一聲，這也太巧了！

她想，這人對食物的喜好怎麼和自己這麼像呢？從此對他就有些留意。她去麵館十次裡有五次會遇到他，因此她知道他也是這裡的常客，而且與她一樣，也總是獨來獨往，一個人來點一桌的麵食，默默吃完就走，從未見過他身旁有人相伴。他彷彿隨身攜帶了自己的結界，與周圍一切互不相干，那是長期單身的人所呈現出來的氣場。而她暗想，別人說不定也是這樣看她。

＊

她單身的時間太久，久到幾乎已經想不起來戀愛是什麼感覺了。

有時她會看著鏡子裡的自己，納悶怎麼就沒有任何情感事件發生在自己身上？她的外表不差，其他各方面條件也都不錯，但一直沒什麼人來追求。

「因為妳給別人的感覺太獨立了。」她的好朋友Mitta這麼說：「男女之間要有共同的目標才能一起走下去，可是妳看起來就是不需要別人的樣子，妳的目標可以自己完成。妳會讓旁邊的人可有可無，而誰喜歡自己是可有可無的呢？」

Mitta繼續解釋，例如身懷絕症的女子往往可以遇到一個很愛她的男人，因為「共同對抗病魔」會成為兩人共同的目標，其中有某種情感的神聖性，能將兩人牢牢地黏在一起，男人會覺得自己是無可取代的被需要。「可是妳這麼獨立，散發的是一種『我自己就可以』的氣場。雖然妳長得美，但愛情是一種需要與被需要的關係啊，像妳這種看起來就不需要別人的女人，男人當然不會靠近了。」

可能是這樣吧，她確實覺得自己的生活不需要別人來插手，從換燈泡到修電腦都可以自己來。

除了沒什麼人來追求之外，她也一直沒碰到什麼會讓自己感到動心的對象。既然如此，那就這樣吧。她坦然接受自己的單身狀態，如果就這樣終老，其實也沒什麼不好，至少日子過得清靜。她身旁有太多為情煩惱的女性朋友，看著她們那種魂不守舍的模樣，她心中都不禁暗忖，這值得嗎？

*

麵館養了一隻虎斑貓「小虎」，胖胖的身軀，碧綠的眼睛，臉蛋非常可愛，平常在外遊走，餓了或想睡了就回到店裡來，靠廚房的走道上有牠的貓碗和貓睡鋪。愛貓的她每次到麵館去都會尋找小虎的身影，如果牠在，她就會蹲下身去撫摸牠，偶爾還會帶些貓零食給牠。小虎也接受她的示好，甚至放心地翻肚讓她撫摸，那是信任的表示。

有一段時間，她連去兩天都沒見到小虎，老闆娘憂心地說，小虎已經好一陣子沒有回來吃飯睡覺，不知發生了什麼事？她聽了也擔心不已。

又過了幾天，她再去麵館，見到小虎蜷在牠的睡鋪裡，一顆懸著的心終於放了下來。

「太好了！小虎，你回來啦。」她欣喜地蹲下身去輕撫貓咪的臉頰。

老闆娘走過來，笑道：「這要謝謝吳先生，是他發現小虎的。」老闆娘接著說，小虎可能是因為被狗追趕或受到其他驚嚇，躲入了廢棄的下水道，但一進去就出不來了，還好吳先生經過，聽到喵喵的求救聲，才幫助小虎脫困。「誘捕貓咪可不容易，聽說吳先生折騰了一整夜呢。而且他人真好，把小虎救出來後，還先送去獸醫師那裡做全身檢查，確定沒事才把小虎帶回來給我們。」

她聽了也覺得好感謝這位救貓英雄。「真是好人！可是，吳先生是誰？」

「咦，我還以為你們認識。」老闆娘詫異地想了想。「奇怪，為什麼我覺得你們兩人是朋友？吳先生啊，他也是我們店裡的熟客，妳沒見過嗎？就是個子高高，戴一副銀框眼鏡的那個年輕人……哈，說人人到，吳先生來了。」老闆娘說著就往前頭招呼去了。

她回頭一看，果然是他。真沒想到，看起來表情總是沒什麼溫度的人，竟然是個愛護小動物的暖男。她的心中悄悄湧起一股暖流。

再看看小虎，她覺得牠好像瘦了，也不知道這孩子這些天受了怎樣的驚嚇，又吃了怎樣的苦，真令人心疼。她解下自己脖子上的圍巾塞到牠的睡鋪裡，好讓牠睡得暖些。小虎在她的撫摸下漸漸打起舒服的呼嚕。

好半天之後，她站起來，一轉身，卻發現坐在角落的他正在靜靜地看著她。她慌忙移開視線，莫名心跳起來，所以自己剛才的舉動都被他看在眼裡了嗎？

這天夜裡，她做了一個夢，夢裡有小虎，還有他。夢境很模糊，只是幾個不成情境的畫面一閃即過，但醒來後，意識到自己竟然會夢到他，還是讓她嚇了一跳。

漸漸地，她發現自己對他愈來愈上心。每次去麵館之前，都會猜這回會不會遇見他？如果沒看到他，她心裡就若有所失，如果見到他，她又會因為意識到他的存在而食不知味。

有一回，她進了麵館，卻見他和另一個年輕的長髮女子面對面地吃麵，她心中頓時一沉，原來他並非單身……雖然吃著平常最喜歡的炸醬麵，但她只覺得碗裡全是苦澀的滋味。

後來一個男子進來，坐在那女子身旁，並且與她分食同一碗麵，然後雙雙結帳離去，她這才暗暗鬆了一口氣。喔，原來那只是與他併桌的陌生女子而已。

但在放心的同時，她也對自己的內在小劇場感到不安，心情如此容易為他人而迭宕起伏，這樣的自己令她感到陌生。

＊

「妳對他動心了。」Mitta掩著嘴笑。「好耶，妳終於也有喜歡的人了。」

她睜大了眼睛，猛力搖頭。「怎麼可能！」

「怎麼不可能！妳為他患得患失，這就是喜歡一個人的證明。」

「可是我和他連一句話也沒說過，而且我對他也一無所知。」

「那就找個機會去和他說說話呀。」

她不是沒想過，例如她可以去向他道謝，謝謝他救了小虎，那就是個很好的開端，可是她提不起勇氣。

她也曾經在住家附近的超市買東西時，瞥見他推著推車經過，當時她明明可以走上前去，說些「真巧，在這裡遇見你」之類的招呼話語，但因為心慌意亂的緣故，就錯失了那樣的機會。

喜歡一個人就是這樣嗎？但她不喜歡這樣驚惶失措又患得患失的自己。現在的她和她身旁那些為情煩惱、魂不守舍的女性朋友沒什麼不同，只是程度的差別罷了，這種感覺真惱人！她決定自己該在症狀輕微的時候趕緊斬草除根。

於是她不再去那家麵館，甚至改變生活動線，刻意避開那條街。

她也開始學著自己做飯，然後漸漸地發現，原來烹飪其實滿有趣的，把食材做不同的組合，再加上不同的調味，就可以創造出千變萬化的菜式。

只是，當她在桌上擺出漂亮的杯盤，一個人品嘗自己的手藝時，心裡也會有些惆悵，如果有人與自己一同享受這些食物，那麼感覺一定更美味吧。

無論如何，曾經的小鹿亂撞不過是一場內心戲，她的生活又慢慢回到原來的清靜。

她收養了一隻黏人的流浪貓，取名美美。不管她走到哪裡，美美就跟到哪裡，而且總愛把自己捲成一團置入她的懷裡，那種被一隻貓咪需要的感覺熱呼呼的，滿足了某些空缺。然而，她是不是還需要一些其他的溫度呢？

就這樣經過半年，她覺得自己心裡的警報已經解除，特別想念那家麵館的炸醬麵，也想去看看小虎，因此特地前往時，才發現麵館不知什麼時候已經變成了一間日式簡餐店，這樣意想不到的變化令她十分失落。

＊

這天，她到住家附近的超市買東西，結帳時，總數是一千零五元，而她的錢包裡只有一千元，她正考慮著該把哪一樣東西退掉時，旁邊伸來一隻手，將不足的五元交給了結帳人員。

她轉頭一看，竟然是他！半年不見，他還是那副沒什麼溫度的表情，可是銀框眼鏡之後的那雙眼睛卻流露著暖意。

等到他也結完帳，兩人一起走到超市門外，她對他微笑，他也對她微笑，好半天之後，她說：

「謝謝你為我解圍。雖然五元不多，但我還是得還給你。」

「那妳要怎麼還給我？」

「我想想喔。」她思索了一下。「要不我們先加LINE？我想到怎麼還給你再跟你說。」

「行。」

兩人用QRcode的方式加了LINE，於是她知道了他的名字，也讓他知道了自己的名字。

「後來在那家館子就沒看到妳了。」他說。

「我前些日子有去，但已經變成另一家餐館。」

「還在，只是搬到另一條街。」

「你有地址嗎？」

「我找找，找到傳LINE給妳。」

「好。」

兩人同行了一段，互道再見之前，他指著前方那幢大廈告訴她：「我就住在那兒。」

「一個人嗎？」

「一個人。」他轉過頭來看著她。「妳呢？」

「我也是一個人，還有一隻貓。」

與他互道再見後，她拎著裝滿了青菜水果的購物環保袋往回家的方向走去，嘴角禁不住地上揚。她很高興遇見他，也很高興他還記得她，更高興自己可以如此自然地面對他。雖然這是兩人第一次說話，但她的感覺就像是見到一個熟悉的朋友一樣地親切。

時間改變了一些什麼，也增添了一些什麼。現在她有他的聯絡方式了，說不定他們可以一起去吃炸醬麵，也說不定她可以邀他來一起品嘗她做的料理。

以後可能會發生什麼，也可能什麼都不會發生。無論如何，單身女子的未來不需要設限，一切順其自然就好，一個人不錯，兩個人也不壞。她想，如果自己可以成為某個人的需要，其實也滿好的。

成為真實的自己

她真的了解自己要的是什麼，不要的是什麼，愛的是什麼，不愛的又是什麼嗎？

先前的她一直都循著約定成俗的人生軌道走，可是那真的讓她快樂嗎？

夏日午後海邊

「富貴角燈塔下，我等妳。」

她在一本書的最後一頁看到手寫的這行字，心裡被觸動了一下。

那本書是Eckhart Tolle的《A New Earth》，被放在她常去的那間小酒館的小書櫃裡。那個書櫃是酒館老闆的巧思，每個客人都可以把自己不想再擁有的書帶來和別人交換，書櫃裡的書都是自由置入也自由拿取的，並不需要經過登記，因此她並不知道手中的這本書原本的主人是誰，也不會知道那行字為什麼出現在書裡。

然而那簡單的一句話卻莫名地勾動了她內在的感觸，她覺得那其中應該有一個故事。

「在想什麼？」朋友以酒杯邊緣輕敲了她的酒杯一下。

她闔上書頁，拿起酒杯喝了一口。「沒想什麼。」

其實她正在想著富貴角燈塔，多年前她曾經去過，那是個美麗的地方，她覺得應該在這個夏天再去一次。她想去那兒看看海浪，吹吹海風，但她並不願告訴任何人，她只要自己一個人去。

她把那本書帶回家，同時帶回家的還有這個念頭，到富貴角燈塔去。

過了兩天，她向公司請了一個下午的假，開車往北海岸駛去。假日海邊的遊客總是太多，她想要的是非假日的寧靜。

停好車之後，她換上運動鞋並戴上寬邊遮陽帽，然後往燈塔的方向走去。矗立在海邊半山腰的白色燈塔建築有藍天與綠坡做為背景，令人賞心悅目。她爬上山坡，進入燈塔小公園，一隻虎斑貓正懶洋洋地躺在草地上的陰影處。她蹲下身去撫貓，貓很親人，並不拒絕她的撫觸。

她想起以前住的地方也有一隻這樣的虎斑貓在附近來去，她常常在和他一起散步的時候遇見牠。他們給牠取了一個名字叫做小美，他還說她像小美的姊姊，因為一樣有著大眼睛和小V臉。那時她曾經想過，兩人結婚以後，就收養小美吧。

她站起身朝著通往燈塔的階梯走去，貓咪跟在她的身後，像是如影隨行的記憶。

夏日的海風清涼，帶來海潮的氣息，她在風中佇立，對著無盡的大海望去，這裡是台灣海峽、東海與太平洋三個海域的交會處，天空與海洋又連成一片深深淺淺的大藍，一個人站在這裡，彷彿是站在世界的邊緣，無比孤獨，卻也無比自在。她靜靜地深呼吸，感受著這片海天一色的風景。

她帶了那本書，《A New Earth》，但此時此刻，她只想閱讀眼前當下的世界，獨自一人面對整片天空與整座海洋，這是最奢侈的恩寵！她想起寫在書上最後一頁的那句話，不禁對周圍環視了一遍，再度確定整座燈塔下除了她並沒有別人，沒有等待的人，也沒有被等的人。那本書是十五年前出版的，如果那其中真有一個故事，也是久遠以前的事了。

那人後來等到了想見的人了嗎？她希望是的，若等的人沒來，但願那人也不要太難過。那句話未曾標明日期，感覺上那樣的等待並非特定的日子，而是一個持續狀態。某個人在那本書上寫下這句話之後，當作禮物送給了另一個人，同時送出的還有一份含蓄的情感與滿腔的期待，希望對方讀到最後一頁時會發現自己的心聲。她想像著那個人的心情，覺得可以感同身受。

她也曾經等待過，她明白等待的心情。

那些年，她一直在等待他走入婚姻的決定，但那樣的等待最後還是破滅了。

她和他是大學同窗，彼此都是初戀，在一起那麼多年，也見過雙方家人。周圍親友都覺得兩人下一步就是結婚，她自己也是這樣想，雖然不是沒有其他追求者，可是她從未有過別的考慮。她相信自己注定成為他的妻子，他們要買一幢小小的房子，共組一個家庭，生一對可愛的兒女，還要養一隻像小美那樣的貓，或是兩隻也可以。

但他未曾與她討論過結婚的事，當她憧憬著未來的畫面時，他只是以玩笑的語氣輕鬆地拆解她的暗示：「想像的都美麗。」

他覺得這只是想像嗎？她有點受傷了。這是她一心一意期待的未來啊！後來她小小的傷心漸漸變成了隱隱的焦慮，她希望可以進入人生的下一個階段，當一個人妻，當一個母親，但他遲遲不說結婚，她要怎麼到那個階段去呢？既然暗示不成，那麼她決定明白地向他求婚。

「我要二十九歲了，這是二字頭的最後一年，再來我就三十了，青春都沒了。」她說著，傷感了起來。「所以我要你給我一個生日禮物。」

「我也是明年三十歲啊。」他皺眉而笑。「好吧，妳要什麼生日禮物？」

她用右手指著左手的無名指根部，定定地看著他。「我要一枚戴在這裡的戒指。」

他並沒有反應，只有一臉空洞的表情，她不禁提高了聲音，帶著接近憤怒的情緒：「結婚戒指！我要你送我一枚結婚戒指！」她覺得自己整個人都豁出去了。

已經說得如此直白，當下他還是不置可否，到了她生日那天，她並沒有收到什麼戒指，收到的是一則他要加班的簡訊，以及一句敷衍的生日快樂。

她一個人過了二十九歲的生日，到一間法式餐廳用了昂貴的一餐，餐點很精緻，她卻食不知味，最後在吃甜點時不禁哭了，覺得這一切都是這麼沒有意義。就在這一刻，她心中第一次湧起離開他的念頭。

對於她提出的分手，他的反應是驚訝，卻並未挽留，只說尊重她的決定。他過於冷靜的態度讓她心碎，十年的感情啊，他竟然可以如此雲淡風輕？在這最後的時刻，她發現自己並不真正了解他。

同樣是面臨三十歲的關卡，或許男人和女人想的是完全不一樣的，她想的是創造一個家，他想的則是創造一番事業，現在兩人的感情結束，她與他共赴未來的想望也終止了，但他將更有時間心力在工作上衝刺。她為他的淡漠態度找到理由，同時也告訴自己做了正確的決定，這樣對兩人都好，可以各自尋求想要的幸福，但畢竟還是難過，很長的一段時間，她都在悲傷的邊緣。

後來她還有另外三段感情，時間都不算長，最終也是走向分手的結局。在最後一段結束之後，她也曾經一個人到這座燈塔下來看海。那天她的心情晦暗到谷底，想著自己為什麼總是在等待？等著一段感情開始，等著對方給自己某種關係的隸屬證明，等著不得不接受的失望，等著因為失望而來的破滅與結束，然後再等著下一段感情開始……天啊！她已經受夠了這樣的輪迴！

在那個當下，她只覺得體內有一股沉沉的濁氣堵在喉間，讓她忍不住對著大海吶喊：「我——受——夠——了！」也不管周圍是否有人，她就這樣一遍又一遍地狂叫，撕心裂肺，像個瘋子一樣。

就在她的喊叫之間，天色忽然變了，先是閃電與雷鳴，然後是大雨潑灑，將她淋得渾身濕透，整個人狼狽極了，也讓她實實在在地感受了雨滴擊打在身上的疼痛。然而卻是在那樣的時刻，面對眼前的雷霆萬鈞與波濤洶湧，她彷彿得到整片天空和整座海洋的啟示，也彷彿有了被雨水棒喝一般的頓悟。在這個當下，她心中澄明，決定放過自己——

從此以後，她再也不等了！

不再等待別人進駐她的人生，不再等待別人改變她的未來，不再等待別人給她往後的幸福，總之，不再把自己託付給任何不確定的期待，不再！

此刻的海風清朗怡人，海面深沉平靜，和那天狂風暴雨中的驚濤駭浪完全不一樣，可是她的內在又回到那時的感受，是一種從心靈深處湧起的豁然開朗。

放下之後，那些所求不得的苦惱就再也不能困擾她了。

為什麼一定要成為妻子、成為母親才是幸福呢？仔細想想，這並非事實，而是從小到大的女性長輩灌輸給她的觀念，她的母親，她的外婆，她的阿姨……但她們真的都覺得幸福嗎？那是真心的感受還是女性的集體社會制約？她怎麼在不知不覺之間對那樣的制約就照單全收了？為什麼自己的幸福要由別人來完成？為什麼女人一定得透過男人才能得到所謂的美好人生？

自從決定不再等待之後，這些年來，她最深刻的心得就是，放下對於別人的期待才能把快樂的自主權拿回來。

她沒有拒絕愛情，只是一切隨緣，就算愛情從此再也不發生也無所謂。她發現這樣的自己比以前那個總是因為所求不得而痛苦失落的自己有能量多了，也自由自在多了，這讓她更喜歡現在的自己。

有時她會想起他，如果那時她沒有逼婚，或許現在兩人還是在一起，也可能因為其他問題而分開，誰知道呢？分手後就不曾再聯絡，她也沒有去打探他的近況，曾經深信與他之間是一生一世，如今渺如雲煙。她遙望著遠方的海平面，覺得一心一意想嫁給他的那個自己彷彿已是前生了。

燈塔小公園在晚上六點關門，正是夕陽即將開始的時分，而她捨不得離開海邊，因此開車前往附近的白沙灣，想去看看今天的夕陽。

沙灘上有成雙成對相依相偎的情侶，有傳球的父子，有鋪著野餐墊談笑的家人，有成群結隊的年輕朋友……唯有她形單影隻，但她覺得自己與這個當下如此和諧，一切都是剛剛好，這個世界沒有多了她，她也沒有少了什麼。

她伸展雙臂，沿著海邊往前走，眼前的天幕變幻著絢麗的色彩，她覺得自己太幸福了，可以看見如此壯闊美麗的天空。她感謝著這個美好的當下，同時想起很多年前，有一回和另外兩個女性朋友一起去馬爾地夫度假，也是在面對這樣的海邊夕陽時，卻因為少了他與她共享眼前的美景而悲傷流淚。真的已是上輩子的事了啊，現在再看從前，總有一種遙望的感覺。但是，與他分手至今也不過才五年。

一顆海灘球滾向她的腳邊，在浪的邊緣載浮載沉，她彎身拾起，那個孩子跑了過來，跟在後面的是他的父親，她正要把球拋給孩子，但視線與孩子的父親接上時卻怔住了，手中的球因此遲遲拋不出去。他看著她，也是一臉瞬間定格的發愣表情。

想起他的時候就正好看見他，這是偶然還是巧合呢？他沒什麼變，不過顯然多了父親這個身分，因為那個男孩簡直是他的翻版，而且兩人都穿著紅白條紋的T恤；不遠處有個女人直直往這邊望過來，身上也是一模一樣的T恤，看來這是一家三口的家庭裝。她不只是見到他，還一併見到了他的妻子與孩子。

見她沒有把球拋過來，孩子急得上前來把球從她手中拿走，然後轉身邊跑邊嚷著：「爸爸快來！我還要玩！」被孩子一喊，他這才彷彿回神了似的，尷尬地對她投來深深的一瞥，那眼神充滿複雜的情緒與訊息。她沒有接住他的眼神，淡淡地掉頭走開。不遠處那個女人仍然緊盯著這裡，一臉戒備的神色。

分手五年，但那孩子看起來差不多也就是五歲，這是怎麼一回事呢？在結束那段感情之前，背叛與欺騙早已在她背後悄悄發生了嗎？她在心底驚呼了一聲，多年前的疑問忽然有了解答，難怪當年她提出分手時，他的反應是那樣淡然。

但她只是感覺恍然大悟，並沒有更多情緒。也許她還有一絲慶幸，還好當年的自己沒有繼續等待下去。

剛才他望著她的眼神裡或許有著複雜的歉疚，然而那已不再重要。過去都過去了，她早已不再為他傷心。

她想起背包裡的那本書，覺得宇宙的安排真奇妙，是因為偶然讀到那句話，所以她來到富貴角，被夕陽帶到白沙灣，見到了他，然後揭露了一個答案，算是給她多年前的決定做了一個真正的終結。

她朝著來時的方向往回走，把沙灘上的腳印一路留在身後，此時此刻，她的心裡沒有其他，只有一片海闊天空的平靜。

前塵

人生中有些不得不的等待，例如等一班列車，等電影院裡正片的放映，或是像此刻的她一樣，等門診的燈號變換成她掛號單上的數字。

不知為什麼現在這個三十五號會在裡面耗那麼久，而且下一號也不是她，她是三十九號，還不知道要等多久才會輪到。或許先去醫院的美食街喝杯咖啡？不！這個念頭才剛浮起立刻被否決，腿上的石膏還沒拆呢，拄著拐杖移動完全是自找麻煩！想到自己那拖著沉重的石膏腿走路的模樣，她就覺得算了。

兩個月前她跌傷了右腿的膝蓋骨，雖然沒有嚴重到必須住院的程度，可是一條腿上多了一層石膏，生活裡就多了數不盡的困擾。僅僅是洗澡換衣這樣的日常瑣事，都像是外星人適應地球生活一樣笨重艱難。幸好這樣的日子即將結束，所以就忍忍吧。

這裡是好幾個門診聯合起來的候診區，條列式的成排座椅坐了六、七成的人，但其中應該不少是陪病者。她心裡掠過一絲淒涼，每回到醫院，她都是自己來，沒有任何人陪伴。平常一個人習慣了，並不覺得什麼，但身體不舒服的時候，尤其是裹著石膏的這段期間，她也難免會感覺到一個人的孤單與脆弱。

骨科的就診燈號還是停留在三十五，她有點後悔沒把正在讀的那本小說帶來，牆上的電視正播報著新聞，但呈現著靜音狀態，只能從字幕去了解發生了什麼事。她的眼睛不經意地掃過電視，瞬間意識到了什麼，又緩緩把視線移回螢幕，一個男人正在接受採訪，旁邊有一行介紹受訪者的文字註明某某律師，底下則是這位律師正在說話的字幕：「法律能做的其實有限，人心是很難定罪的，所以許多時候我們只能期待人性裡的良知。」

說這番話的人面容斯文，神情充滿自信，舉手投足之間盡是名流風範，很符合一個公眾人物應該有的樣子。他是法律界的名人，社會上發生了什麼司法方面的事件，記者常常會採訪他的意見，她已經在各種媒體上見過他很多次了，而每次看到的時候，她的心中都是一陣陣強烈的翻攪，久久之後仍難以平復。

她閉上眼睛，試圖以深呼吸安撫自己混亂的情緒，再睜開眼睛的時候，電視上已經換了另一個人在說話。

一股憤怒從她的內心深處熊熊生起，為什麼經過這些年，這個人還可以這樣影響她的心情？這不公平！

有些事情不需要回想，而是一直就在那裡，未曾從記憶中消散。

那時她是班上成績最好的學生，所有的師長都相信她將來可以進入法律界，成為優秀的律師。法律系不好唸，每學期都有幾位同學無法留下來，他本來也快要被淘汰，是她把筆記借給他影印，拉著他一起唸書，還提點他要如何準備考試，他才從被二一的邊緣活了回來。

當年的他與現在的他判若兩人，那時他頹廢得很，雖然進了名校法律系，卻讀得意興闌珊，常常蹺課，成績當然也就一塌糊塗。但在她鍥而不捨的堅持下，他的課業漸漸上了軌道，竟然讀出心得與成就感，最後一年還得到書卷獎。兩人也自然地成為男女朋友，並被當成了一段公主拯救王子的校園佳話。

若問她當時為什麼要那麼熱心，她也說不上來。有不少學長和男同學對她表達過愛慕之意，但她就是單獨只對他有莫名的好感，那樣的感覺無法解釋。

後來她總是想，那種無法解釋的感覺究竟是什麼？是前世未了的功課今生再續嗎？還是偶然隨機無理性秩序的碰撞發生呢？

無論那是什麼，總之都像是命運的詭計。

不，與其說是命運的詭計，更正確來說應該是自設的陷阱。畢竟命運總有身不由己的意味，但她所做的都是出自於自由意志的決定，只是後來她被自己的決定背叛了而已。

她的家在宜蘭，而他則來自台中，所以兩人商量好，畢業之後要一起留在台北，合租一間房子，各找一份工作，然後在工作之餘相伴用功讀書準備國家考試。這是法律系學生的取經之路，通過就可以當上律師或是法官，但因為錄取率偏低，因此很有可能是一場長期抗戰。

而他們很快就發現，要準備這場考試必須以全副精神專心致志，根本不可能只是利用工作業餘的時間來讀書。但沒有收入要怎麼生活？都畢業了，也不好再向父母伸手要錢。兩人討論過後，決定其中一人先準備考試，另一人工作賺錢，等到前者考上並在法律界安頓下來，再來支持後者專心準備應試。

好，那誰先考試？誰又先工作呢？

這時她已在一間知名餐廳做了兩個月的外場服務員，這間餐廳待遇之好是有名的，當時她去應徵只是碰運氣試試，沒想到竟然被錄取了。她心想這份工作不過是考試之前的過渡，薪水優渥最重要，因此也就欣然上任。他則在一間小律師樓找到一份行政助理的工作，月薪低廉，一個人過日子都有些困難，更別說支付兩個人的生活。衡量過後，她主動提議：

「你先專心準備考試，養家的事就由我來吧。」

「那就照妳的意思。」他欣然同意，把她攬進懷裡，想了想又說：「等到妳也考上的時候，我們就結婚。」

美好的承諾讓未來充滿閃亮亮的希望，所以她每天搭公車轉捷運到餐廳去上工，端出最甜美的笑容，不停地來回走動服務各桌。下班時往往累到虛脫，但還是得再打起精神去採買食材，然後回家為他料理三餐，把飯菜一盒一盒做好放在冰箱，他要吃之前再拿出來加熱。其他家事當然也是她一手包辦，繳費、打掃、洗衣、晾衣、疊衣、洗碗、垃圾分類、清理堵塞的水管馬桶……如此日復一日，每天都忙到不可開交。

但她心裡是充實的，因為她覺得現在的付出都是為了兩個人共同的未來。看到他孜孜不倦的樣子，她相信他也正在為了她而一起努力。

他第一年沒考上，消沉了一陣，她藏起心中的失望，每天給他信心喊話，終於又讓他回到書堆裡，繼續為來年的考試打拚。她是他的金主、管家、女僕、啦啦隊長、心理醫師，而且還是他夜裡的抱枕。

她對這一切無怨無尤，愛一個人就是要把他放在最重要的位置，一切都要先為他著想，自己辛苦一點無所謂。當他強大了，就換他來支持她。

是的，她一心一意地以為他們約好了，對他的承諾沒有一絲一毫的不安與懷疑。

他在第二年考上了律師，兩人都欣喜若狂。他說來大吃一頓好好慶祝，她說不如把大吃大喝的錢省下來給他做西裝。「你該有一套很棒的行頭，才能襯得出一個年輕有為的律師該有的質感。」當他穿上那套價錢正好是她四分之一月薪的鐵灰色西裝出門去面試時，她心中的幸福指數接近破表，只覺得一切的辛苦都值得了。

那時她怎麼也不會想到，不久之後，她的人生劇情會那樣急轉直下。

他順利地在一間頗有口碑的律師事務所得到一個位子，而他幾乎把所有的時間都用在工作上。她一直在考慮什麼時候該辭職開始準備考試，卻也一直找不到機會與他商量，常常她回到家卻見不到他，或是他雖然在卻埋首於帶回家處理的公事之中，無暇與她說話。她從來不知道他是個工作狂，這個新發現讓她十分驚訝。

後來她才明白，他的忙碌是事實，但那其中也有對她的逃避與輕視。

某天她下班回到家來，聽見浴室裡有水聲，顯然他在洗澡。她換下居家服，正要敲浴室的門告訴他自己回來了，卻聽水聲已經停止，而他正在與某人通話：

「……跨年晚會雖然可以攜伴參加，但我不想啊，她只是一個女侍，帶她出席那種正式場合不適當吧？我簡直不知道要怎麼把她介紹給我的老闆和同事……」

過了這麼多年，直到現在她想起來都還是心寒，也還是不明白究竟是他變得太快，還是自己從來就不曾了解那個人？

可能她一直都太一廂情願了，一廂情願地付出，一廂情願地以為他是值得她好好對待的人。識人不清是她的錯，但是嫌棄一個真心對待他的女人，蔑視她的身分，把她的付出視作理所當然，這已不是對錯的問題，而是他的本質竟是如此冷漠自私。

在聽到他說出那樣的話之後，再與他生活在一起已經不可能。她後來選擇了不告而別，很快地另找了一間租屋，趁他上班時火速搬家，並且沒有留下任何隻字片語。也許她心中還抱持著一絲希望，也許在失去她之後他會發現她在他心中的分量，但沒有，他並沒有來找她。

他對她根本沒有愛，在他需要她的時候，他接受她的付出，但當她失去了利用價值，也就和一個破花瓶沒兩樣。

人心是很難定罪的，所以許多時候我們只能期待人性裡的良知。虧他說得出口！她覺得自己的體內有一股沉沉的怒氣。她無法對任何一個法庭控告他，畢竟那一切都是出於她的自願；她也無法期待他想起她的時候還有任何良知，只能當成是自己眼睛看錯了人。

後來她並沒有參加國家考試，而是出於某種和自己的賭氣，在原來的工作崗位繼續待了下來。女侍又怎麼樣呢？難道成為一個律師就比較高尚嗎？人格與尊嚴是以職業來定論的嗎？她想要在一個遠離他的環境裡重塑自己，如今她已是那個餐飲集團的主管群之一，這樣的變化與她原先對自己人生的設定不符，可是也沒有什麼不好。她喜歡自己現在的工作，也在其中得到想要的成就感。

至於感情生活，後來的她不曾再對任何人那樣天真地付出了，也不會再把任何人的重要性放在自己之前，她知道要先把自己照顧好最重要。如果不能遇見真心相處的人，那麼她寧可自己一個人。

然而每當看到他在媒體上出現，她心中還是會起伏著複雜的情緒，為什麼他不需要反省懺悔呢？為什麼他可以不受到任何教訓而繼續他平步青雲的人生呢？她曾經受到的傷害要向誰去討呢？這不公平！她的憤怒是對上天的憤怒。

於是她知道，有些事情並沒有過去，她的身體會提醒她，那些事還在那裡。每每想到他，她就感覺到腹部的僵硬，那是掌管情緒的太陽神經叢仍然在發揮負面的作用。

不覺之間，門診燈號已經來到三十八號，而牆上的電視則從新聞換成了戲劇節目，畫面上是一男一女正在情話綿綿。但昨天在另一個頻道，同樣也是這兩個演員在另一部戲劇裡，卻是以仇敵的姿態出現。

她忽然心中一動。昨日的仇人與今日的情人，或是從前的愛侶與現在的冤家，這樣的角色轉換不就是前世今生的隱喻？眼前的這一男一女在戲劇中的角色不會知道在另一個頻道的故事，就像她也不會明白另一個次元的自己和那個人發生過什麼事一樣。

所謂無明就是這樣吧，困在某種耿耿於懷的情緒與人生情節裡，往往是出於無法照觀全局的執迷，不知道這一切其實都只是上天的戲劇。有些事看來無解或不合理，但放到更大的維度，從一個更寬廣的視野來看，或許就可知道前因後果，而這一切最終都是為了讓人們學習寬恕與放下。

無論是寬恕或放下都不容易，但這就是人生的功課。她想，也許自己該學著原諒過去那一切了，這不是為了他，而是為了自己不再被傷害的感覺所影響，是為了讓自己覺得好過。

是的，那很難，雖然她一時之間還做不到，但把這樣的意願放在心上，總有一天可以真正釋懷。

等待許久的三十九號終於亮起，她拄著拐杖站起身來推開診間的門。待會兒醫生就會把她的石膏拆掉，她就要卸下這段日子以來舉步維艱的沉重。想到這裡，她的心情已經開始輕盈了起來。

拆炸彈的女人

他的手機裡有炸彈——「那個女人」打來的電話就像炸彈一樣，總是引爆她內在的一連串爭戰。

她沒有見過那個女人，但她知道她的存在。因為只要接到那個女人的來電，他就會走到離她一段距離的地方去接聽，而且刻意背對著她，讓她看不見他臉上的表情。等到他又回來的時候，總是有些心不在焉。

「誰打來的？」她問。

「沒事，一個朋友。」

才怪，她完全不相信，可是也不會再追問下去。她的女性尊嚴不允許，可是她的女性直覺又知道這個男人心裡有鬼。

有時，在夜裡，她到他的住處去找他，他會藉故出門買一些其實不需要的東西，她知道他是為了避開她打電話給那個女人。

她在他的房間裡等他，等他打完電話，然後若無其事地帶著一條吐司或一包泡麵回來。這時的他總是避免與她的視線接觸，很快就以洗澡為藉口躲進浴室去了。她知道他是心虛。而她像一尊雕像一樣坐著，表面淡然，心中卻如被炸彈轟炸過，滿目瘡痍。

她和他交往有一段時間了，是以結婚為前提而交往的，而他也確實是個理想的結婚對象。有體面的外表與體面的職業，還有一幢等待女主人來添購雙人家具的體面房子。一開始，他也表現出好好對待一個女人的誠意，但感覺上還沒經過熱戀階段，兩人就直接進入老夫老妻了。他會在與她約會的時候不斷地滑手機，無論她說什麼，低著頭的他只是可有可無地回應，或是根本不回應。

「第三次世界大戰開始了，富士山的火山爆發了，自由女神倒了，木柵動物園的老虎都跑出來了。」她會故意胡說八道，看看他的反應。

「嗯。」頭也不抬地敷衍就是他的反應。

這種時候，她都有個衝動，想要搶過他的手機，丟進他面前那碗湯裡，或是乾脆扔到窗外讓來往的車輛碾過。

他的手機簡直是他的小三嘛，但她必須表現出大老婆的風度，畢竟他們還沒真的結婚，一個發飆的女人絕對會嚇跑男人。她三十二歲了，婚姻是她現在最想要的東西，而眼前除了他以外並沒有適合的對象。

除此之外，她也真心喜歡他。他是她在感情空窗多年後第一個想要共赴人生的男人。

只是他有另一個女人，

當他開始不在她面前消手機，而是避開她去打手機的時候，她知道，小三已經不只是手機，而是手機背後那個神秘的存在。

她不知道那個女人是誰，長什麼模樣，與他怎麼認識，她也不想知道，因為問了就拆穿了，和他之間也就走不下去了。

然而表面的和平當然是假象。血淋淋的真相是，每當他的手機鈴聲像索魂鈴般地響起，就在她心中炸出種種猜疑、嫉妒和憤怒的坑洞。

這天晚上，當她又坐在他臥房的窗邊，等著他在外面打完電話回來的時候，她看著窗玻璃上自己的倒影，那個一臉哀容的女人，忽然覺得非常不齒。

這是在幹什麼？為什麼她要被這樣一個不珍惜自己的男人糟蹋？為了嫁給他竟要如此自我矮化？還沒結婚已經形同棄婦，真的嫁給了他還奢望得到幸福嗎？

最重要的是，如果自己都不尊重自己，怎麼可能得到別人的尊重呢？

所謂徹悟，就是在那麼一個電光石火之間的瞬間。

當下她決心立刻終結這個荒謬的狀態，於是起身離開。

她走出巷口的時候，他正好迎面過來，看見她，他詫異地問：

「妳要去哪裡？」

「哪裡都與你無關！我們之間該結束了。」她沒想到這句話會說得如此順口。

「啊？」他張大眼睛。「什麼？」

「你總是背著我打電話給別人，我沒有辦法信任這樣的關係。」想了想，她又說：「其實在你當著我的面滑手機的時候，我就該離開你的。因為我明明就在你面前，但你的心卻在另一個地方。我其實很難受，你把我當什麼了？」

他手足無措半晌，終於吶吶地說：「妳以前都沒說。」

「對，因為我也是現在才知道，我已經受夠了！」

此時他的手機響起，看著來電顯示，他神色一變，卻遲遲沒有接起。鈴聲響過一遍又一遍，她發現自己已經沒有因為鈴聲而引起的猜疑、嫉妒和憤怒，它們已經不能再炸傷她。

她轉頭離開，無論曾有過什麼樣的過程與心情，都留在身後了。

有勇氣解除對他的執著，她就拆除了心裡的炸彈。

有人離去

那天夜裡，她從夢中醒來之後就輾轉難眠，幾度翻來覆去，還是睡不著。一旁床頭櫃上的電子鐘從兩點二十五走到三點四十五，她仍然回不到夢裡去。

這時她才發現，他也是醒著，不知是本來就醒的，還是因為她反覆地轉身而醒的。兩人默默躺在彼此的身邊，各自面對著無眠的黑暗，不發一語。

天色開始微亮的時候，他忽然說了這句話：

「我想離婚，拜託妳了。」

後來她每次想起這句話都覺得怪異。拜託妳了。那是一種請求的語氣。當然，除非她答應，否則離婚不能成立。可是如此冷淡卻也如此客氣，那其中的生疏不禁令她懷疑，他真的是與她同床共枕近十年的丈夫嗎？

然而也只是共用一張床而已，兩人之間的歡愛次數屈指可數。身體的距離等於心靈的距離，她常覺得與其說和他是夫妻，不如說更像是無性的同床室友。

但即使是室友，當有一方求去的時候，另一方也是會震驚傷心。

「為什麼？我做錯了什麼？」這是那段時間裡，她不斷問他，也不斷問自己的問題。

「妳沒有錯，妳很好，只是我想離婚，如此而已。真的，我對妳很抱歉。」他的回答依然是那樣的語氣，像一堵透明的牆，無論她有怎樣的情緒，都只是被牆彈回來罷了。

即使她想吵架也吵不起來，最後只能離婚。或許那樣的無情無緒是他要擺脫她的策略，總之是達成了。他有那個深藏不露的部分，就算在一起生活了那麼久，她其實並不真正了解他。

可是當初也就是那個深藏不露的部分讓她傾心的。她喜歡他內斂的氣質，沉穩，不多話，男人就該這樣，不要說個不停，不要賣弄愛現，喋喋不休的男人太可怕了。

可能也是因為她前面分手的那個男朋友滿口舌粲蓮花卻也滿口謊話，讓她對太愛說話也太會說話的男人反感，所以當他出現的時候，她才會那麼動心。

那是在一個跨年的聚會上，也忘了誰發起的，有人包了一個場地，辦了一個派對，朋友拉朋友地一起來跨年。在滿場的歡聲笑語之中，他的沉默與節制在她眼中顯得特別獨樹一格，讓她不禁想要靠近他，想要了解他，想要與他在一起。

後來他們是在一起了，但是婚姻走到終局，她卻覺得自己從頭到尾沒有真正靠近過他，也從來沒有真正了解過他。

其實他算得上是個好丈夫，會與她一起分擔家事，會做好吃的焗烤料理，在她很累的時候還會為她準備泡澡的熱水。最可貴的是，當兩人想法分歧的時候，他還會聆聽並尊重她的決定，從不堅持己見。與她過去所交往的那些自以為是的男性相較之下，他真的太優了。

但是她很少看他流露過多的情緒，始終是那樣沉默，那樣節制。或許這與他的所學與工作有關，他學數學，也在高中教數學，那是她從來就不了解的領域，一個由理性思考與符號方程式所構築的世界。她學藝術，從事設計，向來會直接表達自己。兩人的個性、喜好與生活圈都南轅北轍，就算生活在一起再久，但在某個核心之處，彼此從未到達，也從未融入。

「你愛過我嗎？」又是另一個輾轉難眠的夜晚，她忍不住問他。

他沉默了很久，久到她還以為他睡著了，才聽到他淡漠且謹慎地說：「妳值得比我更適合的人來愛妳。」

雖然他沒有正面回答，但這個意思很清楚，他已經不愛她了，或許也不曾愛過她。她深吸了一口氣，然後把下一個問題吞回喉嚨裡。

如果沒有愛過我，為什麼要和我結婚？

事已至此，再追問下去也沒什麼意義。既然這段關係已經走到終局，就接受這個結果吧。

於是她決定和這段婚姻一刀兩斷，從此回到自己。之前的震驚傷心，千迴百轉，猶豫反覆，在簽下離婚證書的那一刻起，都成為了過去。

昨日種種譬如昨日死。三十八歲，重回單身生活，她不年輕了，可是也還不老，不再天真了，可是也還沒失去對於人生的盼望。

首先，她畫了一張額頭綁著白布條的自像畫，就貼在浴室的鏡子上，天天給自己精神喊話。是的，這段婚姻是結束了，但這並不表示是某種人生的失敗。這只是兩個人決定在一起生活，後來又決定分開，如此而已。既然有結婚的人生選項，當然可以有離婚的人生選項。她不必為了這段婚姻的結束而自我懷疑，也無須因此而失去對自己的信心。

接著，她搬了家，從城南搬到城北，趁著搬家整理打包時，好好進行了一番斷捨離，把所有可以丟的東西都丟了。而她發現沒有什麼是不能捨棄的，唯一不能捨棄的只有自己。在這個清空過去的過程裡，她看見了一個更平靜自在也更能接受一切的自己。

再來，她向公司請了二十天的長假，到一直想去的中南美洲旅行了一趟，在熱情奔放的異國文化裡感覺全新能量的衝擊，無形中轉換了氣場。當她帶著那裡的陽光與花香回來時，朋友見到她，都說她神采煥發。

「看看妳，這哪像是一個失婚婦人！」朋友不禁要如此調侃她。

是啊，不過是幾個月的時間，那九年多的婚姻就已經淡遠模糊，有如上輩子的前塵往事了。

她發現自己更喜歡一個人的生活，自由自在，不需要顧慮另一個人的存在。其實她從來就不曾習慣和別人共用一條被子，如果不是自己裹一條，和別人共被總有冷風鑽入的空隙，或許這就是過去她長期失眠的原因。自從一個人擁有一張床與一條完整的被子之後，她的每一夜都睡得很好。

那麼以前為什麼要結婚呢？也許是年輕時的她以為與另一個人共同生活可以對抗寂寞，但經歷過歲月之後才懂了，心靈沒有交流的兩個人在一起其實更寂寞。

大概彼此的緣分真的走到盡頭了吧，兩人之間再沒有任何聯絡，她很少想起他，也無意打探他的近況。與他之間本來也就沒有共同朋友，以前覺得是某種不足，現在卻很慶幸還好彼此沒有交集的社交圈，不會從朋友群中聽到任何關於他的訊息，也就不會再心生任何波瀾。

一段感情的結束就要結束得徹底，拖泥帶水對新生活沒好處。她發現自己有很強的心靈復健能力。

「這是因為妳沒有讓自己沉溺在自傷自憐的情緒裡，也沒有把時間浪費在對妳前夫的怨尤中。」朋友如此分析，停了一下又問：「但妳真的不怪他嗎？如果是我，大概沒有這麼容易原諒，被離婚終究是不好過。」

她想了想，說：

「我覺得這不是原諒或不原諒別人的問題，而是我自己要不要過得好的決定吧。」

但她不是沒有難過的時候。偶爾她的情緒也會執著在沒來由的低落狀態裡，這時她就到社區大樓附設的健身房去跑步。她發現當身體處在某種動態頻率時，心靈的雲霧會漸漸散去，會變得平靜，然後會產生腦內啡，會感到昂揚喜悅。身心真的是相連的啊，當心裡過不去的時候，可以靠著身體的運動讓自己度過去。身體是具體的靈魂，她曾經在某本書上讀到這句話，果真如此。

健身房裡常去的就是那幾個人，雖然彼此不認識，也從不打招呼，但一起在一個空間健身的時候總有一種同盟的親切感；其中有個身材修長的男人常常戴著耳機，邊踏著跑步機邊聽著音樂。腹肌緊實，大腿肌肉強而有力，總是令她不禁要多看一眼。這其中沒有任何對於異性的遐想，純粹是出於視覺上的欣賞，她畢竟是學藝術的，男人漂亮的大腿線條有如設計精良的工藝作品，令她覺得賞心悅目。

有一天在公司大樓的電梯裡，她感到有個男人一直在看她，那是很明顯的打量，即使她想假裝沒注意都不行。後來那男人先走出電梯，還回頭對她笑了一下，那一刻她才發現，這不就是那位健身房的同盟嗎？他穿著襯衫和西裝長褲，看起來很斯文，與她一貫的印象截然不同。她轉頭從電梯鏡子裡看著自己一身的紡紗洋裝，不禁要猜想自己在他眼中是不是也與平日完全不一樣？

既然有了這樣的開端，下回在健身房裡遇見再不打招呼就說不過去了，於是她認識了S，也開始了新的戀情。她曾經以為自己的愛情已隨著婚姻的結束一起葬送，現在才知道，生命道路往往在沒有預設時會展開新的風景。

S在金融界工作，那天到她的公司大樓去是為了拜訪客戶。他說，在這之前，他已經想過很多次，在健身房遇到她時該如何與她搭訕。

「所以在電梯中看到妳的時候，我就告訴自己，這不是偶然與巧合，而是命中注定。」

她微微一笑，對他的情話照單全收。

隔了近十年再談戀愛，她發現自己現在已經可以單純地為戀愛而戀愛，而不是為了眼前是可能的結婚對象而戀愛。沒結過婚的時候，因為對於婚姻有著好奇與憧憬，所以每個交往的人都是丈夫儲備人選。結過了婚也知道婚姻是怎麼回事以後，她明白了愛情與婚姻在本質上的不同，這才對親密關係有了全新的體會。

兩個人在一起，只是出於單純地喜歡彼此的陪伴，而沒有任何條件的考量與盤算。因為沒有承諾，也就沒有限制與綑綁，當下的喜歡並不等於明日必須繼續相愛。在這樣的關係裡，她可以用很自由的心情去對待他，在一起的時候很愉快，他不在眼前的時候也不會患得患失，這是愛情裡最舒服的狀態。

她和S才剛剛開始，但她心中並沒有一定要與他天長地久的想望，再婚並不在她的人生選項之中。能有個人真心誠意地與自己同行一段就已值得感謝，其他不必多想。

所以當她看著同志們爭取婚姻平權的新聞時，一方面希望他們成功，因為那是身而為人本該有的權利；另一方面卻又覺得，婚姻其實並非人生之必要，真正進入之後或許會失望的。

但無論如何，總要先得到，才能有不要的權利。所以當台灣終於通過同婚專法，成為亞洲第一個同婚合法的國家時，她也覺得高興。

這天晚上，她在S家裡用他的電腦看網路新聞，在一堆舉著彩虹旗的遊行照片裡，看到了她前夫的身影。

他身穿白色緊身T恤，笑得十分開懷，另一個也穿著白T情人裝的男子摟著他，正送上深情一吻。

她閉上眼睛再睜開，確定自己沒有看錯人。

是他沒錯。天啊，她從沒見他這樣發自內心地笑過。

瞬間，她什麼都明白了。

原來，過去和她生活在一起的那個人其實一直都關在櫃子裡。他的沉默與節制只是一種必須的壓抑，他曾經想在婚姻中偽裝自己，但終究是無法繼續下去，於是要求離去。

真相大白的此刻，她該有什麼感覺？震驚？受傷？被欺瞞的憤怒？不，她只覺得平靜。或許她內心深處一直都知道，他不是不愛她，而是無法愛她。她相信他一定也是努力過了，但有些事就是再怎麼努力也沒有用。

人若是無法成為真實的自己，人生就會成為一道隱藏的傷口。與她在一起生活時的他一直很痛苦吧，現在他終於可以真正做自己了。她不禁長長嘆了一口氣，衷心為他開心。

「怎麼了？」S走過來摟著她。「為什麼嘆氣？」

「啊，沒事。」

她把頭靠在他的身上，心想，人生的變化真的難以預料，遇見與別離都是難得的緣分。她不知道和身旁的這人可以在一起多久，只希望若是有一天必須說再見的時候，彼此都能衷心為對方祝福。

那難以訴說的……

像往常一樣，下了課之後，她並沒有直接回家，而是走過兩條街，到那間咖啡屋去，點一杯玫瑰拿鐵，看幾頁書，等到傍晚的交通過了尖峰時刻，人潮與車潮都散了，再搭公車回到住處。這是她每天給自己的獨處時間，在經過一日忙碌的教學工作之後，她需要以一杯咖啡的溫度，鬆開緊繃的身心。

今天很幸運，她喜歡的那個窗邊角落位子是空的。她才剛坐下，就有一個人影走了過來，輕喊了一聲：「老師。」

她抬頭一看，眼前是一個皮膚白皙、身材纖細的女子，三十歲左右，穿著一身淡藍色的洋裝，長髮披肩，薄薄的嘴唇彎成淺笑的弧度。

有些眼熟，但她一時想不起來是誰，畢竟在這十幾年當中，她教過上千個學生，要記得每一個學生太困難了，而且高中女生一旦上了大學，就從女孩變成了女人，模樣大不相同，更別說離開學生時代之後，和青春時期更是相距甚遠，所以她認不出眼前的人也是無可厚非。她對女子頷首，等著對方給自己更多提示。

「老師，您不記得我了，可是我一直想跟老師說謝謝。我高一的時候是您的學生，有一天放學後，我一個人坐在校園裡哭，您經過看見了，就過來陪著我。我後來常常想起那個時刻，我想說，謝謝您當時的陪伴……」

記憶在電光石火之間閃現，啊，她想起來了！眼前這個女子是她剛開始任教時的學生，有個特別的名字，林百合。那時她自己也才脫離學生時代不久，來到這所全是女生的高校，學生們都很喜歡她，把她當成漂亮溫柔的姊姊，總是圍繞在她的身邊訴說著朦朧的少女心事。她也很喜歡這群活潑可愛的少女，很容易就和她們打成一片，但還是有幾個習慣獨來獨往的學生，與同學和老師都維持著一定的距離，百合就是其中之一。

這個年齡正是建構自我的時期，人際關係是摸索也是練習，因此每個人都會以自己的內在狀態去對待外在世界；對於那些不太合群的學生，她可以理解，也尊重她們的獨立性，但這個女孩有點不一樣，她太纖瘦，也太憂鬱，臉上總是沒有笑容，眼睛裡則總有一種空洞。她一開始就注意到這個女孩，在一群愛笑愛鬧的少女之外，她覺得自己更掛心這個女孩單薄與安靜的存在。

百合的成績並不好，而且上課時常打瞌睡，有時還會直接趴在桌子上睡著。她向其他老師打聽，得知這女孩在其他課堂上也是如此，總是顯得很疲倦的樣子。她擔心她是否有健康方面的問題，詢問百合班上的導師，但那位即將退休的老師似乎並不在意，只說學生若不認真學習，老師也沒辦法啊。

她不好再多問了。自己畢竟是個新手老師，還是別讓人家的班導覺得自己管太多。有機會時再直接和百合談談好了，她想。

那天傍晚，她處理完了所有的教學事務，正要離開學校，經過薔薇花叢之前，瞥見有個女孩低頭坐在另一頭的紫藤花架下。她定睛一看，發現那是百合，就不假思索地朝她走了過去，但直到走近了，她才看出百合正在哭泣。

「怎麼了？為什麼這樣傷心？」她在百合的旁邊坐下，溫柔地問。

女孩把臉埋在雙手裡，並不回答，只是哭。

這個年紀的少女總是很易感，可能只是因為別人說了一句不中聽的話就哭得肝腸寸斷。如果百合願意與她談談，她就能順勢詢問她的生活與學業狀況，然而她在百合身邊坐了許久，天都快黑了，百合還是什麼也沒說，但終究是漸漸平靜了下來，不再啜泣，只是抽噎。

「好些了嗎？願意聊聊嗎？」她問。

百合搖搖頭，眼淚又流了下來。「我不能說……」

她摟住女孩纖瘦的肩頭，感到發自內心的憐惜。

「如果還不想說就先別說，等到妳想說的時候再告訴我，好嗎？」

百合垂著頭，久久之後，才輕微地點了一下。

不久即是暑假，之後百合進入高二，她則開始擔任高一的導師，有太多學生的問題要處理，也就無暇他顧，偶爾在校園裡遇見百合也只是匆匆一瞥。百合畢業之後不曾回過母校，因此就像許多學生一樣，從此完全失聯。

此刻，一晃眼已是十五年過去，眼前的女子依稀還是有著當年那個少女楚楚可憐的神情，而那時的自己，不是也還芳華正茂並且充滿對於未來的夢想嗎？而今人生卻已一片滄桑。一時之間，她有些感傷。

「百合，」她很自然地叫出女子的名字：「這些年妳都好嗎？」

「老師，您還記得我。」百合的眼中浮現淚的薄光。

「當然啊。」她微笑。「真巧，在這裡遇見。要不要一起喝杯咖啡？」

百合在她對面的椅子坐下，默然半晌之後說：

「其實不是巧合，是刻意的。」

「噢？」她感到不解。

「老師，對不起，我已經跟蹤您好幾天了。」

「啊？」她十分意外。

「因為，我想要告訴您，我的秘密。」

她愣住了。「妳的秘密？」

女侍過來點餐，她照例點了一杯玫瑰拿鐵，百合則點了一杯榛果拿鐵。女侍走開之後，兩人之間有片刻的沉默。她望著百合，靜靜地等待著對方開口，下意識地去撫著自己的左手手臂，這是她在不安時的習慣動作。不知為何，她有些害怕接下來會聽到的事情。

百合交握著雙手，彷彿要藉由這樣的手勢給自己力量一般，深吸了一口氣，好似終於下定了決心，然後，她緩緩地說：

「國中升上高中的那個暑假，我被我媽媽的男朋友性侵了。」

她本能地摀住自己的嘴，但還是不禁「啊」地輕喊出聲，淚水也在瞬間湧入眼中。

「那個男人，我喊他叔叔。他另外還有家庭，我媽媽等於是他的小三。」百合的語氣很平淡，彷彿在說別人的事。「他和我媽媽在一起很多年了，後來還搬來和我們住在一起，也算是看著我長大的。所以我真的沒想到，他會在半夜進入我的房間。」

她伸出雙手，緊緊握住百合交握的手，這才發現後者正在輕微地顫抖。要說出這隱藏多年的秘密一定很痛苦吧？她覺得自己的心也疼痛了起來。

「我的房間不能鎖，因此發生第一次之後，每天晚上回到自己的房間，我就搬書桌去擋住門。可是，我不放心，都不敢睡著。有幾次我真的太累，就被他得逞了，我恨自己怎麼可以……」百合又深吸了一口氣。「我怎麼可以讓自己睡著？怎麼可以……所以那天，老師才會看見我坐在校園裡哭……」

原來當年那個少女上課都在打瞌睡，是因為必須醒著對抗黑夜的惡魔，那是怎樣夜復一夜的恐懼啊！而她曾經那麼靠近真相，卻沒有給予幫助，如果那時她堅持詢問下去，會不會就讓百合說出實情，從此少受些苦？

「對不起，我好抱歉。」她哽咽著，早已淚流成河。

「老師請別這麼說。其實那天您一直陪著我，對我來說是很溫暖的回憶。」百合的眼眶中浮動著淚水。「我也曾經想，是不是該告訴您我發生的事情？可是那時我太不信任大人了。那個我叫他叔叔的人，還有我的媽媽，他們都太傷害我……」

顯然那位母親明明知道發生了什麼事，卻沒有保護自己的女兒，反而站在那個男人那邊，或是假裝沒看到。這往往是這種事裡最殘酷的部分，得不到至親的支持，帶給孩子的傷害最深。她感到憤怒，失職的母親啊，不該讓這種事發生的！就算發生了，也該立刻和那個男人斷絕關係才是，怎麼能讓未成年的女兒一直活在那樣無助的黑暗之中？

「後來妳母親有對妳道過歉嗎？」她不禁要問。

百合搖搖頭。「我想她不願去面對這件事吧，所以始終當作沒發生。但在三年前，她臨終之際，我曾經對她說：『媽媽，我原諒妳。』那時她躺在病床上，本來已經昏迷，忽然醒轉過來，看著我，那是懊悔的眼神，她說：『別怪我，我是不得已。』所以她其實都知道，而且她的心裡對我也是有歉意的。」

她深深嘆了一口氣，感到由衷的感動與佩服。「妳能做到原諒，這太不容易了。」

「我不知道我是不是真的原諒了，因為這是一個千迴百轉的煎熬。或許我還在那個過程裡，可是我願意去體會我媽媽的心理：一個沒有謀生能力的女人，為了依附一個男人提供的經濟援助，她已經習慣做小伏低，所以她的女兒也該和她一樣，看在金錢的份上，不要計較太多。這就是她的價值觀。」百合淡淡地笑著。「我媽媽不僅沒有謀生能力，也沒有成為一個母親的能力。當我明白這一點之後，對她的同情就多過了恨意。」

「那個人呢？他後來怎麼樣了？」

「我上大學之後就離家，很少回去，所以也不清楚媽媽和他之間的狀況。

三年前，媽媽病危時，我回家去照顧她，那時家裡已經沒有那個人。我不曾問他去哪兒了，我媽媽也沒有說，好像那個人從來不存在似的。」百合頓了一下，又說：「不過我回去之後做的第一件事，就是把家裡的鎖換了。可見我心中還是有隱憂，擔心他哪天會忽然開門進來。」

她在心裡長嘆。唉……她懂這種感覺。

「為了不再用那個人的錢，所以我大一曾經休學了兩年，先工作存學費再說，因此我的大學晚了好幾年才畢業。我現在在一間樂器公司當職員，薪水不高，可是一個人過日子沒有問題。」

「這些年妳一定吃了很多苦。」

「還好。」百合還是淡淡地笑著。「雖然生活必須很節省，至少夜裡我可以睡了。」

她覺得好心疼，但喉嚨梗住了，什麼話也說不出來。

「只是到現在我還常常做噩夢，而且無法信任別人。只要和任何一位男性單獨在任何一個關閉的空間裡，我就會覺得恐慌想逃。所以這些年，我錯過不少可能不錯的緣分。」

百合說得輕描淡寫，但她知道，那必然都是椎心的痛苦。因為對他人的信任和安全感已被徹底破壞，因此無法愛人，也無法被愛。

「前些日子我終於去看了心理醫師，我的醫師建議我，去找一個認識但不在彼此的生活環境裡，卻又是我覺得可以信任的人，說出我的秘密，這樣或許可以幫助我解除潛意識裡的封印，我直覺就想到老師。所以我跟蹤了老師很多天，今天終於有勇氣現身，把這些從來沒和任何人說過的話說出來。」

她想起很久以前，在紫藤花架下，她曾經對那個痛苦的少女說：如果還不想說就先別說，等到妳想說的時候再告訴我。沒想到那句話竟然在十五年之後實現。

「謝謝老師聽我說，把這些埋藏在心裡的事說出來之後，我現在覺得輕鬆許多。謝謝老師為我流的淚，讓我知道自己是被愛也被在乎的，也讓我覺得自己好像被洗淨了……」

百合微笑著，兩行淚水卻流下臉頰。此刻，她的容顏有光，彷彿得到了某種解脫。

去找一個認識但不在彼此的生活環境裡、卻又是自己覺得可以信任的人，說出難以告人的秘密，然後解除潛意識裡的封印嗎？

和百合擁抱並道別之後，她坐在回家的公車上，想著如果她要找一個可以訴說的人，那麼會是誰呢？

下意識地，她又撫著自己的左手手臂，在那長袖掩蓋的手臂上，有一條被利刃劃過留下的疤痕，來自於她那有暴力習慣的前夫，而那是她還無法對任何人訴說的秘密。

獨行

她應該要去試婚紗，去選一張床，去訂購婚禮上送給賓客的小物，去寫堆滿整張桌子的邀請卡。下個月就要結婚的女人應該有一百件事情待做，但此時的她卻走在人煙罕至的深山步道上，心事重重。

現在的她不想做任何事，不想見任何人，也沒有心思去期待即將來臨的婚禮。她只想靜下心來，把腦子裡那些打結的思緒理一理。她迫切需要的是離開某種混亂，回到一個人的自己。

她當然知道自己忽然的失蹤會讓她的家人多麼著急，也讓即將與她結婚的他多麼摸不著頭緒。這會兒大概全世界的人都在找她，她不見蹤影已經超過二十四小時，也許他或她的家人已經報警。可是她無法不逃離，也無意與誰聯繫。她一直都太為別人著想，太識大體，太顧全大局，而此刻的她討厭那樣的自己。

她把手機留在臨時下榻的旅館裡了，因此也不知現在的時間，總之是下午，陽光正在西斜。眼前的步道上不見其他人影，一條山路沿著一條河流往群山深處蜿蜒而去，冷清空寂，她心中未嘗沒有一絲怯意，但她告訴自己，很好，這就是自己要的安靜。

她還穿著昨天匆匆離開時所穿的衣服，白襯衫，深藍色及膝A字裙，淺藍色薄針織外套，半高跟深藍色緞面鞋，黑色長直髮以一條深藍色髮帶束在身後。她總是如此端莊，帶著拘謹，這樣的裝束在她任教的學校很適合，用來走這段山路卻不免違和，但這一切都是臨時起意，她也顧不得這許多了。

她向來有條有理有計畫，所有的事情都要深思熟慮、按部就班地進行，如果是平時的她一定會覺得現在的自己簡直是瘋了。這樣不顧一切不告而別根本是瘋子的行徑。或許從昨天聽到他說的那段話以後，她就脫離了原本的自己，所有的條理都被打破。她知道現在的她是不正常的她，但平日那個所謂正常的她，真的就是比較好的她嗎？

為什麼要不小心聽到那段話呢？若是這件事沒有發生，我就可以什麼都不知道地繼續原來的生活。她心裡有個聲音幽幽響起。

不，等等，妳真的覺得當一個什麼都不知道的傻女人就沒事了嗎？妳真的相信無知會帶來真正的幸福嗎？另一個聲音反駁。

不是都說婚姻就是睜一隻眼閉一隻眼？如果我現在回去，還可以編個理由，然後若無其事地繼續結婚。也許錯過了他，就沒有下一個人了，那不是很孤獨嗎？原來的聲音虛弱地說。

就算永遠都沒有下一個人，妳自己一人不行嗎？和一個沒把妳放在心上的男人在一起生活一輩子，成天為他悶悶不樂，那才是真正的孤獨吧。另一個聲音又蓋過原來的聲音。

兩個不同的聲音在她的腦海裡彼此對話，爭吵不休。她的頭好痛。許多還理不清的思緒不斷堆積，讓她懷疑自己內在的某個地方就快要爆炸了。

她沿路往前走，心裡一片茫然，不確定前方有什麼，也不確定自己該不該回頭？

忽然一隻鳥兒一邊啾啾地唱歌，一邊從她眼前飛過，使她的意識暫離了內在，也使她注意到路旁的河流那淙淙的水聲。先前她只是專注在自己的煩惱之中，現在才發現原來一條河的聲音竟然可以如此洶湧。

她感覺有點累，能量有點低，而且還有點渴。她走向河邊，踏過幾塊石頭，彎下身去掬起一捧水，但還沒來得及送到口邊就全都從指縫流下。她怔怔望著自己空空的雙手，這是個隱喻吧？

這一路走來，真的有什麼是她能掌握的嗎？

沒有。

即將與她共度一生的那個人，真的曾經愛過她嗎？

恐怕也沒有。

她的思緒又再次回到昨天。

他與她約好要去選婚戒，兩人先約在中山北路的某間咖啡屋見，她到的時候正見他站在咖啡屋前的楓香樹下講手機。為了不打擾他，她悄悄往他身後走去，站定，而他不曾發現她，因此也就完全不設防。他並未降低音量，於是那些話語毫無保留地飄進她耳裡：

「……我們以後還是可以見面啊，什麼都不會改變……唉，什麼有婦之夫，我還是我啊……妳不要這樣！結婚又不是因為愛，而是因為社會義務嘛，愛情和婚姻根本就兩回事……她是個高中老師，是個還不錯的人，只要妳不去嚇她，我們之間也就還是和以前一樣，妳什麼都不必擔心，她什麼也不會知道……」

她聽不下去了，轉身逃走，他還是沒發現。

她一直走一直走，就走到了台北車站。她上了某班高鐵，又搭了某班客運，然後到了某座山裡，住進了某幢旅館。她一路都恍恍惚惚，不知身在何處，不知今夕何夕。她只是想離開而已，離得愈遠愈好。

而現在應該已經與他離得夠遠了，她還想再往深山裡走。會不會走到山中深處，也就走進了自己的內心深處呢？

也許她真正想做的不是逃離別人，而是親近自己。

也許她只想走到心裡很深的地方，去問問自己，她的人生究竟出了什麼問題？

她從河邊的石頭上站起身來，繼續往前走。她已經很久很久沒有這樣獨自一人走一段長長的路，已經很久很久沒有如此和自己在一起。

和一個男人交往兩年，而且還準備與他共赴一生，但自己在他口中，僅僅是個「還不錯的人」，這比知道他有另一段隱密的情感更讓她覺得受到打擊。

他怎麼可以用那樣輕描淡寫的口氣，對另一個女人這樣毫不在乎地提及她？

「還不錯的人」或可用來形容普通的朋友、同事，或是只有一面之緣的人，但她是就要與他結婚的終身伴侶啊！他的語氣裡沒有任何愛的成分，彷彿在說的是一份還不錯的早餐，或是一部還不錯的電影。還不錯，也就是還可以。還可以，也就是可以有也可以無。

還不錯的人？這其中肯定有什麼地方大錯特錯！

對他來說，她可有可無。那麼他為什麼要與她結婚呢？

回想起來，他其實並沒有求婚，而是過年期間到他家去拜訪他的父母時，他的母親催促著說：「你們也交往那麼久了，該把事情辦一辦了。」那時他忙著滑手機，只是敷衍地「喔」了一聲，過沒幾天卻忽然問她：「妳什麼時候有空？我們去看場地。」

接下來好似一切都順理成章，兩家人分頭忙碌起來，一場婚禮有那麼多繁瑣的細節需要打點，常讓她不勝其煩，可是她的母親卻忙得興致勃勃。曾有很長的一段時間，她一直沒有男朋友，是無良親戚們口中的老處女。母親為此憂煩不已，擔心她終身無靠，又介意別人碎嘴，因此常常催她去相親。現在她總算可以嫁出去了，母親深鎖的愁眉也舒展了。

她其實不懂，母親自己在婚姻裡並不開心，為什麼卻覺得女人就該結婚呢？但她向來是個順服的女兒，終於可以結婚，她自己也覺得鬆了一口氣，彷彿對母親有了交代。

如果母親知道她的未婚夫婚前就已出軌會怎麼說呢？「男人都這樣，看開就沒事了。」母親大概會這麼說吧，就像她總是如此催眠她自己一樣。然而對於父親不斷的外遇，母親從來都看不開。

此刻她真的很想知道，母親真的認為一個女人有了婚姻就有幸福嗎？要練就如何自欺欺人的深厚功力才能熬過每一個丈夫沒有回來的夜晚？

或者這個問題她該問問自己，她為了什麼要結這個婚呢？是為了母親的期望，還是他所說的社會義務？

應該是為了愛吧，但愛真的存在他們之間嗎？

他是為了結婚而結婚，而她難道不是？如果她把結婚當成對誰的交代，那麼她有什麼資格去責怪別人？如果比起他的出軌，她更在乎的是自己的尊嚴，那麼這樁還沒開始就已經破了一個大洞的婚姻真的該閉著眼睛結下去嗎？

可是她要結婚的消息已經散發出去，婚紗也拍了，場地也訂了，若是婚禮取消了，她要怎麼去面對母親的失望與他人的議論？

又或者她該問自己的是那個最根本的問題，她真的了解自己要的是什麼，不要的是什麼，愛的是什麼，不愛的又是什麼嗎？先前的她一直都循著約定俗成的人生軌道走，可是那真的讓她快樂嗎？

當學生的她是優良學生，當老師的她是優良老師，那麼怎樣的女人會是優良妻子呢？百般忍耐，委屈求全，犧牲自我，成就男人，一再原諒，永遠包容？她抖索了一下，覺得打從心裡寒冷起來。

天色漸漸暗了，她來到一座隧道前。

面對黑漆漆的隧道口，她停下腳步。

隧道口像一隻怪獸大大張著口，彷彿正好整以暇地等著她自投羅網，然後準備將她慢慢吞噬。

她真的想成為一名優良妻子？她真的想當那樣的女人？如果答案是「是的」，那麼她才真的是瘋了！

忽然一陣血氣上湧，她也張開口，然後用盡全身力氣，對著隧道口狂喊了起來：「啊……」

啊……

彷彿從哪裡傳來了迴聲，可能是眼前的隧道裡，可能是一旁的山谷中，也可能是她心裡千迴百轉之後的迴音。

啊，如果已經知道是無光的所在，那麼何必走進去呢？

別人怎麼看怎麼想，那真的重要嗎？人生是自己的，和別人有什麼關係？如果不能真誠地面對自己的內心，那麼在別人眼中的一百分又如何？

她再次狂喊，感覺到聲波在自己體內的震動。

活著又不是為了滿足誰的期望，也不是為了履行某種社會義務。把這些無謂的顧慮都放下吧！她唯　需要顧慮的那個人，就是自己啊。如果她沒有把自己放在世界的正中央，整個世界都是歪斜的。

她喊著喊著，感覺聲波彷彿流動了起來，流成一條河，流成一座海洋，讓她在其中盡情地釋放。

她終於喊到聲嘶力竭，體內彷彿有電流不斷流過。那是從心裡很深的地方發出來的流動，一波一波湧向她的全身。

那能量太強，讓她站不住了。她先是蹲下，然後坐下，最後乾脆躺下。她就這樣拋下了一貫的端莊、拘謹、矜持與教養，痛快地攤成一個大字，躺在這條山徑道路的正中央。

正是夕陽時分，眼前呈現的是變幻莫測的天空。她聽見淙淙的水聲，那是自己體內血液流動的聲音，也是山谷裡那條沿路河流的聲音。此刻，她覺得內外合一，自己與這個世界終於統合。她閉上眼睛，感覺到從未有過的寧靜與放鬆。

天色將晚，待會兒返程的路上不知會看見怎樣的風景？但無論如何，她已經知道自己要去的方向。

國家圖書館出版品預行編目資料

從今以後一個人住 / 彭樹君著 . -- 初版 . -- 臺北市：皇冠, 2020. 09
面；公分. --（皇冠叢書；第4876種）（彭樹君作品集；3）
ISBN 978-957-33-3572-6（平裝）

863.57　　109011757

皇冠叢書第4876種
彭樹君作品集 3
從今以後一個人住

作　　者—彭樹君
發 行 人—平雲
出版發行—皇冠文化出版有限公司
臺北市敦化北路120巷50號
電話◎02-27168888
郵撥帳號◎15261516號
皇冠出版社（香港）有限公司
香港上環文咸東街50號寶恒商業中心
23樓2301-3室
電話◎2529-1778　傳真◎2527-0904
總 編 輯—許婷婷
責任編輯—蔡承歡
美術設計—嚴昱琳
著作完成日期—2020年8月
初版一刷日期—2020年9月

法律顧問—王惠光律師

讀者服務傳真專線◎02-27150507
電腦編號◎574003
ISBN◎978-957-33-3572-6
Printed in Taiwan
本書定價◎新臺幣300元／港幣100元